La Table du Roi

Bernard Clavel

La Table du Roi

ROMAN

Albin Michel

IL A ÉTÉ TIRÉ DE CET OUVRAGE
TRENTE EXEMPLAIRES
SUR VÉLIN CHIFFON DES PAPETERIES DU MARAIS,
DONT VINGT EXEMPLAIRES NUMÉROTÉS DE 1 À 20
ET DIX EXEMPLAIRES HORS COMMERCE, NUMÉROTÉS DE I À X

© Éditions Albin Michel S.A.,
Bernard Clavel et Josette Pratte, 2003
22, rue Huyghens, 75014 Paris
www.albin-michel.fr
ISBN broché 2-226-13696-7
ISBN luxe 2-226-13733-5

« Jusqu'à la fin des temps, le meurtre engendrera le meurtre, toujours au nom du droit, de la justice, de l'honneur et de la paix, jusqu'à ce qu'enfin la soif des dieux soit rassasiée et qu'ils créent une race qui comprenne. »

GEORGE BERNARD SHAW

« La nature renferme des forces bien redoutables, mais aucune plus redoutable que l'homme. »

SOPHOCLE

« La barque de Caron va toujours aux Enfers. Il n'y a pas de nautonier du bonheur. »

GASTON BACHELARD

Première partie

1

C'EST une nuit comme il y en a eu bien d'autres dans cette vallée dont le roi est le Rhône. Sur le fleuve d'eau, court et miaule un fleuve de vent. Ce vent rageur que ne peut abattre aucune pluie. Il est partout. Partout où bêtes et gens aimeraient se terrer pour lui échapper.

C'est un vent qui vient de très loin. Nul ne sait où il a pris sa source, mais il a couru sur les vastes plaines de Hollande avant de s'engouffrer dans la vallée du Rhin. Là, remontant le cours du fleuve, il a mené le bal entre Vosges et Forêt-Noire. Rien pour ralentir sa course. Il est un fauve qui rugit et n'a peur d'aucun obstacle. Il a poussé sa colère sur les eaux mortes de la Saône où il s'est acharné à lever des vagues écumantes. Dans Lyon, il a grogné partout. Sur les places et dans les rues, dans toutes les traboules obscures. Il a fait plus de bruit que les bistanclaques des canuts de la Croix-Rousse, il a soufflé plus fort que les grandes orgues de toutes les églises.

D'habitude, le vent du nord est un personnage de clarté, cette nuit, il est noir comme l'âme du diable.

Car il ne court pas qu'au ras de la terre et des eaux, il mène sa charge jusque dans les hauteurs. Il a tiré d'on ne sait où des nuées épaisses et lourdes. Il bouscule un ciel de plomb. De loin en loin, il en déchire juste de quoi laisser tomber sur le Rhône en démence un éclat d'acier poli, glacial et tranchant comme une lame. Sa colère est née avec la nuit, alors qu'une rigue de quatre barges lourdement chargées cherchait une place d'accostage. Les mariniers ont décidé de s'amarrer en plein milieu du fleuve, à ce rocher qu'on nomme la « Table du Roi ». Il est à fleur de surface, mais le patron de cette rigue est un vieux batteur d'eau qui sent son fleuve de loin. Il est persuadé qu'il ne risque pas de monter assez pour recouvrir la roche avant que ne se lève le jour.

2

LE fleuve gronde sourdement. On le sent davantage qu'on ne l'entend. Il fait vibrer le bois. C'est un peu comme un gros animal qui se frotterait contre la coque du bateau. Un ronronnement. Mais d'un chat énorme et peut-être pas de très bonne humeur.

C'est ce qu'essaie de se représenter l'amoureuse des chats qu'est Lucie pour se rassurer. Elle a du mal à distinguer cette caresse d'eau du bruit de la pluie qui fouette le toit de tôle de la cadole construite à l'arrière de la lourde barge. Lucie est une grande brune de vingt-cinq ans, un peu forte de poitrine et de hanches, mais avec une taille de guêpe. La houle des muscles de son dos court à chaque geste sous le tissu de son caraco et montre qu'elle n'a pas une once de graisse.

Elle va soulever le couvercle d'une marmite de fonte d'où monte une buée qui fleure bon la viande parfumée d'herbes sauvages. Elle tire la marmite sur le côté de la cuisinière haute sur pattes et met deux rondins de charme dans le foyer qu'elle couvre en hâte avant d'y replacer sa marmite. Elle a des gestes précis et très sûrs.

La porte s'ouvre. Un coup de vent mouillé entre qui bouscule la lanterne pendue au plafond au centre de la pièce. Patron Mathias se baisse pour passer sous le haut du chambranle. Descendant les quatre marches qui craquent sous son pas botté de roux, il enlève son chapeau de cuir qu'il secoue avant de l'accrocher à une grosse cheville de bois, à gauche de la cuisinière. Il quitte sa veste de peau d'où l'eau ruisselle. Il la suspend à une autre cheville de bois.

— Alors, père ? demande Lucie.

— Alors quoi ?

— Qu'allons-nous faire ?

Mathias se met à rire :

— Ce qu'on va faire, petite ? On va se mettre à table si la soupe est prête.

Il s'approche du feu et, soulevant à peine le couvercle de la marmite, il respire un grand

coup le nuage de buée qui en sort avant de se
redresser pour apprécier :

— Hé ! ma foi, j'ai l'impression que ma fille
a bien retenu les conseils de sa pauvre mère !
Ça sent bigrement bon. Pas besoin de demander
pour savoir que c'est là une daube marinière.
Une vraie de vraie. Comme les femmes de mariniers ont toujours aimé la faire.

Mathias est un homme à peine plus grand
que sa fille mais large et épais avec d'énormes
mains toutes jaspées de taches brunes. Son
visage encadré d'une barbe presque blanche, ses
yeux noirs, ses lèvres épaisses, tout chez lui respire une belle force saine, nourrie de bonne
chère, de vent du fleuve et de travail dur.

— J'espère que ce sera bon, dit Lucie, mais je
ne crois pas être jamais capable de faire aussi
bien que faisait maman.

— On verra. Y a pas de raison que tu n'y
arrives pas. Toutes les filles de batteurs d'eau
savent faire la daube marinière.

Elle hésite un instant avant de demander :

— Et le bateau ?

— Le bateau ? Eh bien, tu vois, il nous porte
très bien. Et j'espère qu'il nous portera encore

comme ça un bon bout de temps. À la remonte comme à la décize.

— Et la pluie, vous étiez inquiet, tout à l'heure ? Rochard aussi... Si le Rhône monte encore durant la nuit...

— Bien sûr, ce temps-là n'a rien de très réjouissant pour des bateliers. De l'eau, point trop n'en faut. Pour l'instant, on dirait que le vent faiblit un tout petit peu. Et il m'a l'air de n'être plus aussi solidement établi au nord.

— Est-ce que les nuées sont toujours lourdes ?

— Toujours au ras des coteaux. Mais dans un moment il fera nuit noire. On ne les verra plus. Suffira de les oublier.

— Vous pouvez plaisanter, père, je sais très bien que vous êtes inquiet. Si cette pluie continue, nous n'arriverons jamais à Lyon.

L'averse cingle toujours la toiture et les petites fenêtres exposées à l'ouest comme celles qui se trouvent plein nord. Quelques lueurs glauques les balaient encore, puis la nuit mouillée enveloppe la lourde barge et cette Table du Roi que l'on nomme ainsi depuis que saint Louis s'y est arrêté pour prendre un repas alors qu'il partait vers l'Orient.

Patron Mathias s'approche de sa fille qu'il prend par les épaules. Il la secoue un peu avec affection et se remet à rire.

– Dis donc, petite, tu exagères. Tu oublies que je navigue depuis plus de trente-cinq ans.

Toutes ces saisons à faire la décize et la remonte entre Lyon et Beaucaire et même plus bas sur un train de bateaux ont endurci patron Mathias. Dans un sens comme dans l'autre, il est toujours allé jusqu'au bout. Jamais ni la pluie ni le gel ni la sécheresse ne l'ont empêché d'arriver. Ce n'est pas une petite crue de rien du tout qui va lui interdire d'aller au bout.

– Pourtant, ajoute Lucie, si la pluie redouble, que le fleuve déborde ?

Le père ne rit plus. Il n'aime pas voir sa fille si inquiète. Depuis à peine un an que sa femme est morte, il n'a plus que Lucie à qui s'accrocher. Il l'aime trop pour accepter de la sentir le cœur noué d'angoisse. D'un ton plus ferme, il explique :

– Tu devrais tout de même savoir que ce ne sont pas les averses qui peuvent vraiment gonfler le fleuve au point de nous tenir plus d'un jour ou deux. Qu'est-ce que ça peut faire, deux jours dans la vie d'un marinier ? Rien du tout.

Les gens pressés vont à cheval. Et ceux qui ne savent pas attendre ne font jamais de bons mariniers !

Toutes les catastrophes que l'on a vues sur le Rhône sont arrivées parce que des gens n'avaient pas su attendre. Pas besoin d'avoir étudié dans les livres pour savoir que celui qui ne veut pas mourir jeune doit prendre le temps de vivre. C'est une vérité que patron Mathias a eu cent fois l'occasion de vérifier et qu'il répète souvent à son équipage.

Un silence s'établit que troublent seuls le ronflement du feu et le bruit des gifles de l'averse. Le père et la fille se regardent quelques instants, puis Lucie se tourne vers son fourneau. Son père a eu le temps de voir deux larmes couler sur ses joues. Il va vers elle. La prend de nouveau par les épaules et l'oblige à lui faire face.

– Pleure pas, mon petit. Je sais à quoi tu penses. Oui, c'est vrai, ta maman est morte jeune, sans doute parce qu'elle s'est fait trop de souci. Et toujours à cause du fleuve. Quand elle se trouvait à bord, elle n'était pas tranquille. Elle avait peur du Rhône et elle pensait trop à toi. Et si je la laissais avec toi, elle me voyait mort dès que le fleuve changeait de gueule.

Il hésite avant d'ajouter :

— Et il y a eu la mort de ton pauvre frère...

Il se tait. Lucie essuie ses larmes et s'efforce de sourire. Elle lève les yeux vers le plafond et murmure :

— Ça tombe toujours fort.

Son père sourit aussi et, l'embrassant sur le front, il dit :

— Tu vois, ça aussi, c'est important : laisser pleuvoir quand il pleut !

Fille, petite-fille et arrière-petite-fille de batteurs d'eau, Lucie devrait savoir que c'est en automne que les pluies sont redoutables. Au printemps, il n'y a que les grands coups de vents du sud qui provoquent des crues en faisant fondre les glaciers. Si Mathias n'avait pas des années de fleuve derrière lui, cette petite finirait par lui foutre la frousse.

— Tu te rends compte, fait-il, une gamine qui ferait trembler patron Mathias ! Allons, finis de mettre le couvert. Les hommes vont descendre. Et tu sais qu'ils ont toujours la dent prête à tout dévorer.

Mathias va s'asseoir au bout de la lourde table de noyer et, prenant la cruche, il se verse un verre de vin qu'il vide à moitié. Il ne quitte pas des yeux sa fille qui se hâte de disposer assiettes, cuillères et fourchettes. Il la contemple. Il ferme les yeux un instant. C'est sa femme qu'il vient de voir s'affairer dans cette cadole. Il pivote sur son tabouret et se lève pour aller vers la fenêtre. Il ne va pas là pour regarder dehors, mais juste le temps d'essuyer ses larmes d'un revers de main.

Mais Lucie a bien vu son geste ; posant sur la table la louche qu'elle venait de prendre, elle se précipite vers lui et se blottit contre sa poitrine. Un gros sanglot soulève ses épaules.

— Allons, mon petit, allons, fait Mathias.

La voix du batelier tremble. Il a du mal à trouver ses mots.

— Voyons, finit-il par dire d'un ton qu'il force un peu. Voyons, il ne faut pas se laisser aller.

— Père, je sais que pour vous, c'est terrible. Perdre un fils et puis perdre sa femme. Un fils batelier comme vous. Chaque fois que vous pensez à lui, je le vois dans vos yeux. Et vous savez, moi aussi, je l'aimais, mon grand frère.

— Tu vas te marier, petite, et tu me donneras un beau garçon. Si tu sais prendre soin de moi, j'aurai peut-être le temps de vivre assez pour en faire un batelier.

— Et je tremblerai deux fois plus quand je vous sentirai sur le fleuve tous les deux.

Elle se tait soudain puis reprend d'une voix qu'étrangle un sanglot :

— Et je tremblerai encore plus si on veut me le prendre pour en faire un soldat !

Ils sont là, étroitement embrassés. Ils ne pleurent plus, mais ils n'ont pas la force de s'éloigner l'un de l'autre.

Sur le bordage du bateau, des semelles sonnent.

— Voilà nos gens, mon petit. Du courage.

Lucie fait deux pas, reprend sa louche, la pose à l'autre bout de la table, tout près du feu qui ronfle toujours. Elle se retourne et son regard s'éclaire quand il croise celui de son père. Ils sourient tous les deux. Mathias reprend son verre et boit une longue gorgée de ce vin des coteaux de Condrieu qu'il aime tant.

3

C'ÉTAIT le temps de la batellerie en bois. Le temps des longues rigues faites de quatre ou cinq lourdes embarcations. À la remonte, la première était tirée par des équipages de plus de vingt chevaux. Les hommes qui menaient ces bêtes énormes étaient parfois obligés de patauger dans l'eau glacée jusqu'à mi-cuisse. À bord des barques, les bateliers peinaient sur le gouvernail ou sur de longues rames très lourdes et dures à manier. Ces gens-là connaissaient le Rhône dans les moindres détails des deux rives. Ils savaient lire les eaux. Un simple remous leur en disait long sur ce qu'ils devaient faire.

À la décize, charretiers et chevaux embarquaient. Et c'était alors aux mariniers de mener jusqu'à Beaucaire ou à la mer le long train de barges. Aux yeux des riverains, leur travail était de l'acrobatie.

Et rien n'était facile car le fleuve n'arrêtait pas de se métamorphoser. Chaque crue en modifiait les rives comme le fond. Mais ces hommes savaient deviner le fond en scrutant la surface. Ils connaissaient tout ce qui touchait au fleuve de près ou de loin. Aussi bien pour leur travail si pénible et si périlleux que pour les joies qu'il peut donner. Tous avaient la passion de la joute. Les plus forts étaient connus de Lyon jusqu'à la mer. Et même les gens des berges de la Saône venaient, le dimanche, les voir jouter. Il faut dire aussi que tous ces batteurs d'eau – comme on aimait à les appeler – étaient également sauveteurs. Car ce fleuve dont ils étaient amoureux n'était pas un ruisseau avec lequel on s'amuse sans rien risquer. Ses colères étaient terribles. Il y avait des crues souvent imprévisibles et d'une extrême violence. Il fallait alors se hâter de trouver une anse à peu près abritée pour la rigue, puis, tout de suite, voler au secours des riverains qui voyaient avec effroi l'eau envahir leurs maisons. Évacuer bêtes et gens. Monter les meubles dans les étages ou les emmener avec des barques. Sauver le vin. Ça, c'était une affaire ! Car les tonneaux bien pleins sont lourds et pas faciles à manier.

Et pour les bateliers, le vin était sacré, comme le sel qu'ils remontaient de Camargue ou le blé qu'ils descendaient vers Beaucaire. Quand un train de barques touchait rive en un port vigneron, les hommes prenaient toujours le temps de la fête. Leur amitié avec les vignerons était solide. Entre eux, il n'était question que d'échanges. Jamais d'argent.

Et bien des femmes de vignerons étaient très fières, le dimanche, de se rendre à l'office avec, sur la tête, un foulard de soie que des patrons de rigue leur avaient apporté de Lyon. C'était une bonne vie en dépit des peines dues au travail. Jamais on n'entendait un batteur d'eau se plaindre ni des colères du Rhône, ni de ses maigres eaux. Tous savaient que les hommes sont beaucoup plus dangereux que les fleuves. Ils l'avaient appris en voyant ce que les guerres leur valaient de misères et de larmes.

Car le fleuve, c'était leur vie. Toute leur vie. Il allait son cours sans se soucier des hommes.

Et les bateliers lui parlaient pourtant comme ils se parlaient entre eux.

Patron Mathias était né au bord du Rhône, fils et petit-fils de marinier. Il ne savait même pas depuis combien de générations les siens menaient cette vie de batteurs d'eau. En dépit de ce qu'il avait enduré à la mort atroce de son garçon, en dépit des souffrances dues à la mort de sa femme, il demeurait fidèle à son métier. Il était heureux à sa manière que sa fille ait voulu embarquer avec lui. Si elle épousait un jour un marinier, ce serait pour lui un grand bonheur. Il avait parfois imaginé qu'on ne ferait pas une grande noce. Après de pareils deuils, ce n'est pas convenable, mais avec quelques amis très sûrs, on viendrait sur la Table du Roi. On choisirait un jour où le fleuve la laisse voir juste ce qu'il faut au-dessus de son eau si vive, et c'est là qu'on viendrait manger. En y pensant, Mathias refoulait une larme et réprimait un sanglot, car les deux visages des chers disparus étaient là, mais quelque chose lui disait que du monde où ils étaient partis, ils les regarderaient sur cette île de rien du tout où, pourtant, peut venir le bonheur.

Et, forcément, parce que ce rocher est une île minuscule, le batelier pensait au rocher de Cabrera, perdu dans l'océan, au large de Majorque, où son fils était allé mourir prisonnier des Espagnols. Une mort atroce qui lui nouait la poitrine rien que d'y penser. Une fin qui lui faisait serrer les poings. Il sentait monter en lui la colère. Son impuissance à secourir son garçon le rongeait. À l'époque, il n'avait rien pu faire car il ne savait même pas si son garçon était mort ou prisonnier. Leur calvaire à lui et à sa femme avait duré des mois et des mois.

Une interminable suite de nuits d'angoisse dont le souvenir continuait de l'habiter.

4

L A porte de la cadole s'ouvre et le vent, une fois de plus, fait danser la flamme des lanternes. Des gouttes de pluie viennent jusque sur le fourneau d'où montent de minuscules flocons de buée.

— Ferme vite, Rochard ! lance patron Mathias.

Rochard se hâte de fermer. C'est un homme beaucoup plus grand que Mathias et solidement charpenté. Lui aussi porte la barbe, mais noire, sans un poil blanc. Des yeux bruns. Ses mains sont de vrais battoirs. Il descend. D'une voix un peu rauque, il lance :

— Bravo Lucie ! Ça sent bigrement bon. Je suis certain que ma femme ne ferait pas mieux. Je vois que tu n'as pas oublié les recettes de ta pauvre mère !

Il se frotte les mains et s'ébroue comme un gros chien.

— Alors, prouvier, demande Mathias, tout est bien arrimé ?

— Oui, patron, tout est solide.

— Les chevaux sont au sec ?

— Plus un poil de mouillé.

— Ils ont de quoi manger ?

Rochard fait un pas vers la cuisinière et soulève le couvercle de la marmite. Son œil pétille de gourmandise. Il respire la buée :

— Les chevaux, patron, ils mangent. Ils ont de la chance : ils mangent, eux !

— C'est prêt, Rochard, annonce Lucie en se tournant vers son fourneau. Il n'y a plus qu'à se mettre à table dès que les hommes seront là.

Mathias adresse un clin d'œil à son prouvier et, désignant sa fille, il demande :

— Est-ce que tu as bien vérifié l'amarrage ?

— Pouvez être tranquille, patron, pas l'ombre d'un risque.

Lucie pose la casserole de soupe sur la table et demande, un peu inquiète :

— Et si ça monte encore ?

Sans hésiter, Rochard affirme :

– Ça ne montera plus. À cette saison, les crues de pluie ne sont jamais bien redoutables...

Mathias l'interrompt :

– C'est exactement ce que j'essayais de lui faire entendre. Mais je crois bien qu'elle a la tête aussi dure que la mienne.

Ils se mettent à rire tous les trois.

– Si je suis inquiète, c'est pas que je tremble pour moi. Je pense aux hommes et aux chevaux.

– Mon pauvre Rochard, fait le patron, c'est une chance que les hommes soient carénés autrement que les femmes, sans ça, y a belle lurette qu'on aurait tous le crâne aussi pelé que les galets du fleuve.

– C'est bien pourquoi je vous dis souvent que Lucie serait mieux à terre qu'ici. Avec ma femme, par exemple, elle pourrait s'occuper...

Mathias l'interrompt :

– Allez Rochard, appelle les hommes et enlève cette pelure trempée...

Le prouvier semble embarrassé. Il ébauche une espèce de grimace et un mouvement vers la porte avant de se retourner :

– C'est que, patron... Justement, les hommes, je voulais vous dire... vous comprenez...

— Quoi ? s'impatiente Mathias. Accouche, nom de foutre, on dirait que tu veux me demander la sécheresse !

— Ben, les hommes, ils ne sont qu'à quelques lieues de chez eux... Alors, vous comprenez, se sentir si près...

Lucie qui est en train d'apporter deux bonbonnes paillées sur la table les pose :

— Certain que sans ce temps de chien, nous serions au port et ils auraient pu aller embrasser leurs femmes et leurs petiots.

— Justement, dit Rochard, avec les deux barques, ils pourraient y aller facilement.

Mathias qui s'était assis se relève. Il fait trois pas qui le mènent au pied de la fenêtre où l'averse continue de tambouriner. Il revient vers sa place, prend son verre dont il boit une bonne moitié puis, lentement, il répond :

— Je sais bien qu'on ne risque rien ici... mais tout de même, nous sommes loin des rives... On sait jamais. Un arbre à la dérive peut nous toucher... ou une attache à retendre... Enfin, Rochard, tu sais comme moi qu'un bateau en plein milieu du fleuve n'est pas comme au port. Je peux pas rester seul à bord...

Le visage du prouvier s'éclaire. Il lance :

— Mais, patron, pas question que je parte, moi. À nous deux...

— Tu me fais rire, à nous deux, est-ce qu'on fait un équipage ?

— Les hommes ne resteront à terre qu'une heure ou deux...

Lucie s'approche de Mathias et, d'une voix tendre :

— Voyons, père, puisque vous êtes certain qu'on ne risque rien... Ils sont si près de chez eux... Vous m'avez dit tout à l'heure : la pluie du nord ne dure jamais longtemps.

Toujours bourru, Mathias réplique :

— Oui, je sais, les femmes, les gosses et tout le bataclan. N'empêche qu'ils sont huit, il leur faut les deux barques et nous autres, on reste sans rien pour joindre la rive. Si le cœur vous en dit...

Mathias fait le geste de plonger et une mimique qui signifie que l'eau n'est pas très chaude. Les deux autres rient et Lucie hoche la tête :

— À présent, père, c'est vous qui allez me faire peur. Vous exagérez.

— C'est ça, petite, j'exagère. Je me conduis comme une brute avec mon équipage... Eh bien, qu'ils partent. Je ne suis plus rien, moi, à bord de ce bateau. Une vieille baderne que sa fille mène par le bout du nez. Ah, vous vous entendez bien, tous les deux. Du patron Mathias d'un côté et du petit père de l'autre en veux-tu en voilà, et le vieux se laisse retourner comme une crêpe.

— Papa !

Mathias va décrocher son cuir et son chapeau en grognant :

— En bourrique, vous me ferez tourner !

— Patron, vous n'êtes pas obligé de sortir !

— C'est ça, je vais les laisser partir sans m'en soucier. Allons, viens !

Il monte les marches qui craquent toujours aussi fort. Rochard lance à Lucie un coup d'œil complice et souffle :

— Merci pour eux.

Et il sort derrière Mathias tandis qu'une bourrasque vient fouailler le feu et bousculer la flamme des lanternes. Une bouffée de fumée qui refoule envahit la pièce basse de plafond où elle tend un léger voile gris.

5

LA nuit mouillée est épaisse. Seule la clarté qui coule d'une fenêtre au ras du plancher éclaire faiblement. Les hommes tous vêtus et coiffés de cuir approchent sur le plat-bord.

– Tous là ? demande patron Mathias.

– Oui, patron.

– Écoutez-moi... Vous allez remonter sur cette rive et traverser. Ce sera plus dur que de traverser ici et de remonter à pied sur l'autre rive. Comme ça, vous laissez les barques le plus près possible du village. Vous mettez un homme sur la rive. Si l'eau monte de trois pieds, il vous prévient et il vous faudra pas longtemps pour être ici... C'est compris ?

Plusieurs voix répondent :

– Compris, patron. Merci, patron !

– On sera pas longs.

— Je compte sur vous. Allez, embarquez. Et une lanterne sur chaque barque, je veux vous voir aller jusqu'à la rive.

Les hommes avaient dû prévoir cet ordre. Ils ont quatre lanternes allumées qu'ils se passent pour embarquer. La pluie semble s'apaiser et le vent, qui est de plus en plus frais, paraît prendre sa véritable haleine du nord.

— Ça va les faire dériver un peu plus, observe Rochard, mais le fleuve risque moins de monter si ça vient à fraîchir vraiment. Ça va serrer dur en montagne.

Les lanternes s'éloignent déjà. On ne voit plus ni les barques ni les hommes, seulement ces quatre points d'or qui dansent sur leurs reflets.

Mathias et son prouvier les regardent un bon moment.

— Pouvez dire que vous faites des heureux, patron. Et à terre aussi, ça va amener du bonheur.

— Et toi, mon pauvre vieux...

— Moi, patron, même si j'avais voulu partir, c'était pas possible. Condrieu, c'est trop loin.

Vous savez bien... Et je vous aurais pas laissé tout seul.

— Allez, rentrons. La soupe nous attend. Si on la fait trop patienter, elle risque d'être plus trempée que nous.

Ils rentrent dans la cadole bien chaude. Dès qu'elle les voit, Lucie apporte sur la table la grande marmite de soupe fumante en annonçant :

— Comme ça, il en restera pour demain.

— Je crois bien que tu connais mieux la navigation que le ventre des mariniers, fait le patron. Si tu te figures que nos lascars vont te faire grâce d'un repas, tu te trompes, ma pauvre fille. Ils vont manger la soupe de leur femme, mais ça ne les empêchera pas de te racler ta gamelle en rentrant. Ils sont plus coriaces à table qu'au travail. Et tirer sur les avirons, ça leur donnera encore plus grande faim.

Rochard, qui n'a pas quitté ses vêtements, retourne vers l'escalier en demandant :

— Sers-moi, Lucie, j'ai laissé ma pipe dans mon autre veste. Je vais la chercher.

— Je peux t'en prêter une, lance Mathias.

— Merci patron. J'aime mieux les miennes. Elles me connaissent !

Il sort et, une fois de plus, le vent mouillé s'engouffre par la porte. Il a beau faire le plus vite possible, il entend tout de même patron Mathias qui crie :

— Ferme, bordel de merde !

À peine le prouvier a-t-il fait quatre pas qu'il lui semble voir remuer à la surface du fleuve, à moins de deux brasses du bateau. La nuit est un peu moins épaisse et la pluie a cessé.

— Bon sang, y a un homme à l'eau. C'est pas Dieu possible !

Le nageur vient droit sur lui et, sans doute dévié de sa route par un remous violent, il pique contre le bordage où Rochard entend cogner très fort. Il se précipite.

— Y s'est assommé ! Il est fou, cet animal-là !

S'agenouillant sur le plat-bord et se cramponnant de la main gauche au filin d'un bouge d'accostage, il parvient à saisir de la main droite le vêtement du nageur qui semble inerte. Il essaie de tirer, mais le courant très vif lui permet tout juste d'empêcher l'homme de partir à la dérive. De toute sa voix, il crie :

— Patron ! Patron ! À l'aide !

Mathias bondit et sort sans même se couvrir.

— Où es-tu ?

— Là ! Je tiens un homme !

Mathias fonce vers son prouvier et s'accroupit à côté de lui.

Empoignant le bras, il tire de toute sa force. Rochard l'aide comme il peut. À eux deux, ils parviennent à hisser le malheureux sur le platbord.

— J'espère qu'il n'est pas mort, fait Rochard. Je crois qu'il s'est sonné la tête contre le bois. J'ai entendu cogner... Y nageait bien, le bougre. Je pense qu'y nous a pas vus.

Ils se hâtent de porter le rescapé vers la cadole.

— Ouvre, Lucie !

Lucie devait guetter car la porte s'ouvre tout de suite. Mathias descend devant, à reculons, sans lâcher les épaules de l'homme.

— Fais-le glisser.

Il tire et Rochard laisse tomber les pieds pour se baisser et passer sous le chambranle.

— Attention, attention, fait Lucie. Le cognez pas... Mon Dieu, qu'est-ce qu'il a ?

Rochard dit :

— Assommé... Il a sûrement bu un coup.

— Faut l'allonger, propose Lucie en montrant la couchette contre la cloison.

— Il est trempé, fait Rochard.

— Ça fait rien.

Ils allongent l'homme toujours inerte. L'eau ruisselle de ses vêtements, un gilet rouge à revers de velours noir et une culotte noire. Ses pieds sont nus.

Mathias bougonne :

— L'est vêtu comme un prince, ce gaillard-là !

— Il est tout jeune, remarque Lucie. Que faire ?

— Donne la goutte, demande Rochard.

Mathias gifle doucement l'inconnu.

— Allons, gamin, réveille-toi ! T'es arrivé au paradis ! C'est pas le moment de flancher.

Lucie approche avec la bouteille d'eau-de-vie qu'elle ouvre et tend à Rochard.

— Faudrait qu'il puisse en boire une goulée, je pense que ça le réveillerait.

Mathias soulève la tête du jeune homme. L'eau coule encore des longs cheveux noirs bouclés. Le visage est très pâle.

— Faut lui desserrer les dents.

Rochard parvient à entrouvrir les lèvres et à verser de l'eau-de-vie dans la bouche du garçon qui pousse une sorte de grognement, et Lucie constate :

— Il bouge.

— Ho ! mon gone, ça va mieux ? fait Mathias. Je savais bien que la goutte te réveillerait.

Rochard prend la bouteille et, avant de la refermer, il respire un bon coup au ras du goulot.

— Si de la gnôle comme ça le réveillait pas, il y aurait du souci à se faire.

Il a grande envie d'en boire lui aussi, pourtant il n'ose pas. Il pose la bouteille à regret. Le garçon essaie de se soulever mais retombe en disant :

— Ma tête.

Mathias s'adresse à Lucie en lui montrant la bouteille :

— Frictionne-lui le crâne avec de la goutte. Y a rien de plus efficace.

Rochard la regarde verser le précieux liquide dans sa main et, reprenant la bouteille pour la poser sur la table, il grogne :

— Si c'est pas malheureux.

Et Lucie, qui ne pense pas à l'eau-de-vie :

— Oui... presque encore un enfant.

Elle s'efforce de le soutenir. Il grimace. Elle dit avec tendresse :

— Pourvu qu'il n'ait rien de cassé.

Mathias aide sa fille à soulever doucement le buste :

— À son âge, on a encore le crâne souple. Il en sera quitte pour une grosse bosse. Et puis, la goutte va lui faire circuler le sang.

Il se penche un peu pour le regarder de plus près et demande :

— Alors, petit, tu commences à voir clair ?

Rochard lui prend la main et fait plier son bras droit :

— T'as une sacrée chance que j'aie oublié ma pipe, dis donc !

Le garçon retire sa main et s'ébroue. Il ouvre grands ses yeux noirs et semble effrayé. Il bredouille :

— Quoi ?... La pipe... La pipe ?

— Oui, j'allais chercher ma pipe.

— Mais... mais qui êtes-vous ?

— Qui je suis ? Je suis Rochard. Le prouvier de patron Mathias.

— Le quoi ?

— Le prouvier. L'homme de proue, quoi ! Celui qui se tient à l'avant.

Mathias fait la moue :

— Il a pas l'air d'être de la vallée. Y connaît rien à la batellerie, ce gone-là !

Le garçon s'assied sur le bord du lit et se tâte la tête. Mathias lui pose la main sur l'épaule :

— N'aie pas peur, petit, ta tête est toujours à sa place et pas fendue. Seulement, dedans, ça doit être encore un petit peu la pagaïe. Te fais pas de souci, va, ça va se remettre en ordre tout seul... Veux-tu encore un coup de remontant ?

Le visage du garçon se plisse. Son regard devient soudain très dur. Il se redresse, et lance :

— Qui vous a permis de me tutoyer ?

Mathias regarde sa fille et son prouvier d'un air médusé. Il souffle :

— Ça, alors !

Le sauvé des eaux encore ruisselant veut se lever mais tombe assis et Mathias l'empoigne par le bras pour le soutenir. Il se libère d'une secousse et lance, vraiment hargneux :

— Laissez-moi ! Ne me touchez pas. Il faut que je m'en aille.

Encore une fois, il tente de se lever mais retombe en se tenant la tête en gémissant. Les deux hommes rient. Lucie murmure :

— Pauvre enfant... Ne vous moquez pas de lui, vous autres, il a mal.

Rochard explique :

— Quand je l'ai agrippé, y me semble que j'ai entendu crier sur la rive gauche.

— Peut-être des gens qui l'ont vu tomber à l'eau, dit Lucie. Il devait être en barque, il aura chaviré.

— Non, observe Mathias, personne ne pouvait le voir depuis la rive.

Le garçon se lève de nouveau. Cette fois, il semble plus solide sur ses pieds. Il fait un pas en direction de la porte quand Mathias le prend par un bras et l'arrête. Il se débat.

— Laissez-moi aller.

— T'es pas assez mouillé ?

Rochard se met à rire :

— Il veut y retourner. Il y a pris goût.

— Moi, fait Mathias, je veux bien te laisser aller, mais fais attention en sortant : y a une marche un peu haute et, en dessous, c'est le Rhône. Et y a pas partout un marinier pour te repêcher, mon petit, t'es en plein milieu du fleuve, ici.

Le garçon semble tomber des nues.

– Quoi ? au milieu... Au milieu...

Mathias le pousse doucement mais fermement pour l'obliger à se rasseoir sur la couchette en lui disant gentiment :

– Tu vois, t'es pas bien solide sur tes pattes.

Et Lucie lui demande s'il veut encore boire une goutte. Il grimace pour rétorquer :

– Ah non ! Surtout pas. Votre poison m'a mis la gorge en feu !

Rochard lance :

– Ben merde ! Du poison comme ça, j'en ferais bien mon ordinaire, moi !

Et Mathias regarde la bouteille en grondant :

– Du poison ! Mon marc d'Andance ? Bien mon cochon, on t'en foutra, du poison comme celui-là !

Lucie s'éloigne pour retirer sa soupe du foyer où elle remet deux bûches. Rochard, qui a repris la bouteille, la contemple de nouveau sans oser se servir. Il hoche la tête :

— C'est un crime de donner ça à des animaux de cette espèce pendant qu'il y a tant de braves gens qui en sont privés. Des gens qui se sont pas foutus à l'eau et qui seraient pourtant bien heureux d'en boire. Rien que d'avoir ouvert la bouteille, on dirait quasiment que l'alambic est installé dans la cadole !

— Tu as raison, réplique Mathias. Nous autres, on n'est pas des fines gueules.

Il ouvre la bouteille, emplit les verres qu'ils lèvent. Ils boivent tous les deux tandis que le garçon les regarde, l'air écœuré.

Comme ils reposent leurs verres vides, Lucie s'approche du garçon :

— Regardez donc comme il tremble.

Mathias, qui commence à être agacé, lui lance :

— Et alors, qu'est-ce que tu veux qu'on y fasse ? Il n'a qu'à boire un coup... Tu en veux ?

Très dur, le garçon dont il vient de s'approcher lui lance :

— J'ai dit non, c'est non !

Rochard émet un petit sifflement et fait une grimace qui signifie qu'on ne plaisante pas avec

ce monsieur. De son côté, Mathias a une mimique comme s'il avait peur.

— Faut pas me manger, m'sieur... Dites donc,
cet oiseau-là, on le sort de l'eau, on lui verse notre
meilleur marc, et voilà qu'il vous engueule !

— Laissez-le, conseille Lucie. Il n'est pas bien.
Faudrait qu'il se change.

— C'est ça, si j'avais des vêtements secs, je
pourrais m'en aller.

— Des frusques, ça peut se trouver, dit
Mathias. Tiens, Rochard, va donc fouiller dans
le sac du mousse, tu dénicheras certainement
ce qu'il faut. Si je lui prête des affaires à moi,
il va encore nager dedans.

Les deux mariniers se mettent à rire. Le garçon hausse les épaules et Lucie, une fois de plus,
se tourne vers ses casseroles. La regardant faire,
son père dit :

— Je me demande quel jour on va pouvoir
enfin se mettre à table ?

Il monte derrière Rochard et sort pour regarder la nuit et le fleuve. Les nuées sont moins
épaisses. Elles courent devant une énorme lune
ronde qui verse sur la vallée et les coteaux une
clarté glauque.

6

PATRON Mathias scrute la nuit en direction des deux rives. Il ne voit que quelques points d'or dont certains se déplacent. Il va vérifier les amarres. L'eau a baissé très légèrement. Il fait beaucoup plus froid et Mathias se frotte les mains en se félicitant :

— C'est déjà ça de bon. Si on pouvait avoir un grand coup de gel...

Il regagne la cadole. Quand il entre, la bonne chaleur chargée de l'odeur de daube lui fait venir la salive à la bouche. Lucie est en train de parler au gamin.

— Ne soyez pas entêté. Venez vous mettre près du feu et commencez de vous déshabiller.

— Il faut que je parte.

Mathias s'avance et, calmement, il explique :

— Sois raisonnable, mon petit. Mais si tu veux

vraiment partir, pas la peine de te changer. J'ai pas de barque pour te reconduire. Alors, si tu t'en vas à la nage, mouillé pour mouillé.

– Où sommes-nous donc ?

– Sur l'eau. Avec de l'eau tout autour et pas mal en dessous, je te l'ai déjà dit.

– Faut que je parte à la nage. Quand j'étais à l'eau, ils ont crié. Ils vont trouver une barque et venir me chercher.

Il bondit en direction de l'escalier, mais Mathias l'arrête en l'empoignant par un bras.

– Tu es fou. Si tu es certain qu'ils vont venir, attends au chaud. Ça t'avance à rien d'aller te geler.

Le garçon se débat comme un diable en hurlant :

– Laissez-moi partir ! Ils me tueront !

Comme Mathias le soulève du sol pour mieux le maîtriser, il se tord et parvient à lui mordre la main. Le batelier le lâche et lui allonge une gifle terrible qui l'envoie rouler par terre, contre la cloison. Lucie crie :

– Oh, papa ! Un enfant !

– Un enfant ? Une petite saloperie qui m'a mordu. Regarde-moi ça !

Il montre sa main d'où le sang coule. La porte s'ouvre et Rochard descend avec un grand sac :

— Qu'est-ce qu'il y a ?

— Ce morveux voulait se tirer, je l'agrippe par un aviron et voilà qu'il me mord. C'est un rat galeux, ma parole !

Le garçon, qui s'est relevé, se frotte la joue. Il grimace et grince :

— Vous payerez ça très cher.

— Père, dit Lucie, une gifle pareille à un enfant. C'est terrible.

Elle s'approche du garçon pour l'examiner, mais il recule comme s'il était menacé.

— Laisse-le, ordonne Mathias. Je l'ai à peine touché, cet avorton ne tient pas sur ses roseaux.

Il regarde le garçon et ajoute :

— Et tu voudrais sortir par un vent pareil ?

Lucie tente de le prendre par la main, il se retire. Elle insiste :

— Venez, je ne vous veux pas de mal.

Comme elle s'avance, le jeune homme, furieux, la repousse en grognant :

— Me touchez pas. Je ne suis pas un enfant. J'ai seize ans. Et si j'avais une épée, cette brute verrait qui je suis...

Mathias et Rochard se mettent tous les deux à siffler d'admiration en ouvrant de grands yeux.

— Ben dites donc, fait le prouvier, c'est pas le premier venu, ce monsieur !

— Ma parole Rochard, t'as cru qu'il était tombé d'une barque, t'as mal vu, j'crois qu'il est tombé tout droit d'un arbre généalogique !

Ils se mettent à rire et Rochard dit :

— Y doit avoir un nom comme une rigue d'au moins dix bateaux.

Mathias se tourne vers le garçon et demande :

— Allons, l'homme à la rapière, comment tu t'appelles ?

Le garçon hésite un instant puis, très hautain, il lance :

— Je me nomme Olivier de... Et puis après tout, vous n'avez pas à connaître mon nom.

Il montre du geste Rochard et poursuit :

— Cet homme m'a tiré de l'eau, il sera récompensé comme il se doit... À vous, je ne dois rien... Vous m'avez frappé.

Mathias ébauche une grotesque courbette et, se tournant vers son prouvier :

— Messire Rochard de la Proue de la Rigue de Patron Mathias, je crois bien que vous allez épouser la sœur ou la cousine du charmant baron Olivier de la Rive du Rhône.

Olivier hausse les épaules et lance :

— Brute et bête.

Mathias fait un pas dans sa direction mais Lucie s'accroche à son bras tandis qu'il menace :

— N'exagère pas, morveux ! Le réservoir à gifles n'est pas vide.

— Allons, père, laissez-le.

— Une bonne fessée lui ferait du bien. Ça lui rabattrait son caquet. Ça le réchaufferait. Ça coûte moins cher que mon marc d'Audance.

Rochard sort des vêtements du sac qu'il a apporté et les tend à Olivier.

— Tiens, change-toi. Tu claques des dents. Quand t'auras moins froid, tu verras peut-être la vie autrement.

Olivier laisse tomber les vêtements sur le plancher et grogne :

— Inutile. Puisque vous refusez de me conduire sur la rive droite, je n'ai pas le choix.

Mathias est hors de lui. Il fonce sur Olivier en hurlant :

— Sacrebleu ! Faut-il que ce soit moi qui te

déshabille ? Je te préviens, je vais en profiter pour te frictionner les côtes !

— Ne vous fâchez pas, dit Lucie. Je vais sortir pour qu'il ne soit pas gêné.

Mathias se plante devant les marches et gronde :

— Toi, tu fais réchauffer la soupe. Qu'on finisse enfin par la manger. Et Monsieur le prince voudra bien en accepter une assiette. Il nous excusera pour l'absence de nappe et l'argenterie en fer-blanc et voudra bien nous faire l'honneur de...

Olivier fait non de la tête et prend un air à la fois dégoûté et hautain.

— Comme tu voudras, tête de mule. Mais change-toi en vitesse. Je vais me mettre devant toi. Lucie risquera pas de te voir. Des ablettes de ton espèce, pourrait s'en cacher une bonne douzaine derrière moi.

Olivier écume de rage. On le sent prêt à bondir, pourtant il n'ose pas. Il se contente de grogner :

— Moquez-vous. Quand vous saurez qui je suis...

Mathias se met à rire :

– Ben non, mon pauvre Rochard, on sait pas. Monsieur n'a pas voulu nous dire son nom.

Comme Olivier enlève sa culotte, Mathias part d'un gros rire :

– C'est tout juste si on sait ce que c'est. C'est peut-être un garçon... Ma pauvre Lucie, t'aurais pu regarder, t'en aurais pas perdu la vue.

Furieux, Olivier veut se hâter et manque tomber en enfilant une jambe dans la large culotte de cuir que le prouvier vient de lui donner. C'est Mathias qui le retient. Il enrage vraiment et se secoue en répétant :

– Moquez-vous. Quand vous saurez qui je suis !

Mathias, qui en a par-dessus la tête de ce gamin mal élevé, rugit :

– Espèce de morveux, figure-toi que je m'en fous, de ton identité comme de ma première chique. T'es un homme qui se noyait. Et quand je dis un homme...

Rochard se met à rire :

– De toute façon, homme, femme ou bougnat, pour un marinier, quelqu'un qui se noie, c'est quelqu'un à sauver. Même si t'as un nom long comme ce bateau avec des articulations partout... Je t'ai pas demandé de te présenter avant de te sortir de l'eau.

Mathias rit aussi :

— Puis entre nous, une fois noyés, on est tous pareils. J'en ai vu pas mal, tu sais, violacés et gonflés comme des vessies de cochons. Pas beaux du tout. Et bien malin qui aurait pu dire s'ils étaient nobles ou mariniers du Rhône.

Mathias et Rochard n'ont pas oublié le coche d'eau qui a coulé l'an dernier dans le goulet de Donzère. Il y avait, à bord, parmi les passagers, plusieurs familles à particule, des marchands très riches et même un général baron d'Empire. Du beau monde. Ils ont aidé à retirer de l'eau tous ces gens. Et parmi eux, sept mariniers pourtant bons nageurs, morts en essayant de sauver des passagers. Voyant tous ces corps alignés sur le bas-port, Mathias s'était demandé s'il ne valait pas mieux être un roturier bien vivant qu'un riche ou un noble avec des armoiries sur son catafalque et un testament épais comme le plateau de la table. Cette idée lui revient ce soir car les morts ont toujours tenu une place énorme en sa mémoire. Et il pense à ces inconnus comme aux bateliers qu'il connaissait tous et qui ont péri sans choisir qui ils devaient tenter de sauver.

Et parce que l'idée de la mort vient d'entrer en lui, il revoit sa femme. Il revoit son fils si fort et mort si jeune dans d'atroces conditions. Il ne passe pas une journée sans que son visage ne soit là, devant lui. Pas une nuit sans qu'il ne soit réveillé vingt fois par le souvenir de ce garçon qu'il revoit aussi bien enfant pataugeant au bord du fleuve que solide marinier. Il ne coule pas une heure sans qu'il le voie soldat partant avec les autres appelés, pas une heure sans qu'il se prenne à imaginer sa fin épouvantable sur cette île lointaine où les Espagnols avaient emmené des milliers de prisonniers. Son fils si solide mais blessé et mourant sans soins, son fils si fort mourant sans nourriture, peut-être même sans une goutte d'eau à boire.

Mathias ferme un instant les yeux. Quand il les ouvre, c'est pour constater que sa fille le regarde. Elle sait ce qu'il pense. Elle lui sourit tristement et il répond à son sourire. C'est à peine s'il entend Olivier qui dit que si ce bateau ne s'était pas trouvé là, il aurait pu traverser et serait à présent hors de danger sur la rive droite du fleuve.

Rochard lance :

— Incroyable ! Cet animal finira par nous demander dédommagement pour...

Olivier montre la porte et crie :

— Taisez-vous !

Le vent, qui semble avoir pris de la force, fait battre la porte. Rochard hausse les épaules :

— C'est le vent ! Est-ce que t'aurais peur du vent, toi le pourfendeur ? Toi, l'homme à la rapière !

— Allons, dit Lucie, il faut vous mettre à table, sinon la soupe sera froide encore une fois. Et à force de la faire réchauffer, elle risque de ne plus être aussi bonne, vous savez.

Son père et Rochard prennent place devant leur assiette fumante, mais Olivier reste debout. Il a le visage fermé et son regard exprime à la fois la haine et le mépris.

Mathias ne s'occupe pas de lui. Il ne le voit même plus. Ce qu'il voit, c'est Cabrera. Ce rocher où il n'est jamais allé et qu'il n'arrive pas à se représenter. Ce qu'on lui en a dit reste très flou en sa mémoire. Un rocher en pleine mer, ça ne peut pas être comme la Table du Roi. Pour qu'il y ait plus de dix mille soldats dessus il faut que ce soit grand. À certains moments, il les voit, entassés dans des fissures de rocher, en plein soleil, crevant de soif. Son pauvre gone, il devait penser à l'eau si fraîche du Rhône et à ce vin des coteaux de Condrieu qu'il aimait tant. Il devait penser à sa pauvre mère. Est-ce qu'il pouvait encore penser ? Est-il vrai que les gens à l'agonie revoient toute leur vie ?

— Père, vous ne mangez pas ?

La voix de sa fille le fait sursauter. Leurs regards se croisent. Ils savent très bien l'un et l'autre à qui ils songent.

— Oui, mon petit, je mange.

Et Mathias porte à sa bouche une cuillerée de soupe fumante.

7

LUCIE aussi s'est mise à penser à sa mère et surtout à ce frère qu'elle aimait, qui aurait dû vivre longtemps et que la guerre leur a pris comme elle a pris tant de garçons si jeunes et faits pour le bonheur.

Son père et le prouvier se sont mis à manger cette soupe où un gros morceau de lard a cuit avec des légumes. Elle y a coupé du pain en petits cubes et ajouté de l'ail et de l'oignon hachés. Elle regarde les hommes et lève de temps en temps les yeux vers Olivier toujours debout et qui semble guetter un moment de distraction des deux bateliers pour filer. Les rafales continuent de battre la cadole où tout tremble et vibre. Lucie a avalé deux cuillerées puis s'est arrêtée. Son père, qui a presque vidé son assiette, lui demande :

— À présent, c'est toi qui manges pas ?

— Je n'ai guère faim.

— C'est tout de même pas la présence de cet oiseau qui te coupe l'appétit ?

— Non.

— Es-tu malade ?

— Non...

Elle reprend sa cuillère, mais, avant de la porter à sa bouche, elle regarde encore Olivier et dit :

— Voyons, asseyez-vous. Ne faites pas la mauvaise tête. Vous savez, j'ai eu de la patience, mais il y a des limites.

Mathias se retourne pour le regarder et lui lance :

— Je te préviens : on la fera pas chauffer une fois encore.

Olivier fronce les sourcils, hésite un instant puis, le visage soudain très tendu, le regard plus dur que jamais, il demande :

— Pour qui êtes-vous ?

Les trois s'interrogent du regard. Le patron fait un geste pour dire qu'Olivier n'est pas tout à fait normal, puis il se remet à manger. Toujours raide à la même place. D'une voix dure, Olivier lance :

— Je vous demande pour qui vous êtes, il me semble que vous pourriez me répondre ! Je ne suis pas un chien tout de même !

Les deux mariniers se regardent de nouveau. Mathias emplit de vin leurs verres, et, à Rochard qui dit ne pas comprendre, il adresse un clin d'œil en grognant :

— Laisse-le baver. Son coup sur le crâne doit le travailler.

Olivier, dont le regard se durcit, parle plus sèchement encore :

— Je vous demande si vous êtes pour les Bourbons ou pour l'usurpateur ?

Lucie et les deux bateliers se regardent très étonnés, puis, tous les trois se tournent vers Olivier qu'ils observent comme une bête étrange. C'est Rochard qui rompt le premier le silence :

— Ben alors ! Si je m'attendais à ça.

Mathias semble revenir avec peine de son étonnement :

— C'est tout de même un peu fort... Un insecte qui sort à peine de son cocon et ça voudrait déjà faire de la politique... Où diantre allons-nous ?

Toujours raide, d'une voix glaciale, Olivier constate :

— Ce n'est pas une réponse.

— Vous, monsieur le Baron, dit le prouvier, bien sûr vous êtes pour les Bourbons.

Lucie se met à rire.

— Ça dépend, dit-elle, vous oubliez la noblesse d'Empire.

— De toute façon, depuis que l'Empereur est dans son île, vous savez bien qu'ils sont tous pour le Roi.

Olivier fait un bond sur place en criant :

— Dans son île ? Dans son île ?

— Ma foi..., dit Rochard, il me semble que c'est bien une île... Et bien plus grande que notre bout de roche.

— Malheureux, vous ne savez donc pas qu'il n'y est plus ? Qu'il a débarqué depuis près d'une semaine au golfe Juan ?

Mathias se tourne à cheval sur le banc pour mieux voir le garçon. Sa lourde main frappe la table où sautent les cuillères et les fourchettes.

– Je n'aime pas qu'on plaisante avec ça ! Et j'ai mes raisons !

– Je ne plaisante pas. C'est trop grave. Il est revenu. Il marche sur Lyon. À Grenoble, une partie de l'armée, entraînée par toute cette racaille de demi-soldes qu'on aurait dû fusiller, nous a trahis. Elle s'est ralliée à lui !

Mathias et Rochard semblent effondrés. Lucie se signe, joint les mains et se met à prier. Sans conviction, Mathias dit d'une voix qui a perdu son timbre :

– Qu'est-ce que tu nous chantes ?...

– La vérité. Meilleure preuve : j'étais moi-même prisonnier de ces fripouilles. J'ai pu m'évader, mais ils m'ont poursuivi. Ils me cherchent. C'est pour ça que je dois absolument gagner la rive droite le plus vite possible. Là-bas, les nôtres vont s'organiser pour les repousser.

Mathias semble vraiment effondré. Il pose ses coudes sur la table et se prend la tête à deux mains. Rochard murmure :

– Par saint Nicolas, le tondu ici !

Lucie se signe à nouveau :

– Sainte Vierge, protégez-nous !

Mathias se redresse. Ses épaules se haussent. On dirait que tout son corps se gonfle d'une force énorme. D'un ton rauque, il lance :

— Nous voilà propres ! Pauvres de nous !

Comme s'il venait d'être piqué par un essaim de guêpes, Olivier se met à danser en hurlant et en battant des mains :

— Mais alors... vous êtes avec nous ! Vive le Roi ! Vivent les Bourbons ! C'est formidable ! On nous avait bien dit que toute la vallée du Rhône est royaliste. Je n'osais pas le croire. Vive le Roi !

Il s'élance et fait le tour de la table pour aller embrasser Lucie qui murmure :

— Il est fou !

— Fou à lier, dit Rochard.

Mathias se redresse et grogne :

— C'est là qu'il faudrait lui faire prendre un bain.

Olivier revient vers Mathias dont il attrape le bras droit à deux mains pour palper ses muscles en criant :

— Formidable ! Formidable ! Ah, ils n'en ont pas pour longtemps, les bonapartistes avec des gens comme vous. Vive le prouvier ! Vive patron Mathias ! Vive la marine en bois !

Mathias se lève. Il empoigne Olivier par le bras et l'oblige à s'asseoir en disant :

— Galope pas si vite, garnement ! Et commence par manger ta soupe !

— La soupe et tout ce que vous voudrez ! Du moment que vous êtes avec nous contre l'usurpateur !

Lucie reprend l'assiette qu'elle lui avait servie et lui en emplit une autre avant de verser la soupe refroidie dans sa casserole.

Rochard se remet à manger et demande :

— Tiens, donne-m'en une louche de chaude. Avec toutes ces histoires, on peut même plus aller au fond d'une assiette.

Lucie prend l'assiette de Rochard qu'elle va emplir. Elle la rapporte en soupirant :

— Quelle tristesse ! Cet empereur nous a étranglés pendant des années et à peine parle-t-on de lui qu'il faut déjà laisser refroidir la soupe !

Olivier mange très vite. Il semble vraiment affamé. Il casse du pain dans son assiette qu'il tend de nouveau.

— Une louche pour moi et une pour le Roi, dit-il.

Comme il reparle du Roi, Mathias hausse le ton :

— Tu nous fatigues, toi. Mange et tais-toi.

— Celui-là, fait Rochard, il a les bras d'un mousse débutant, la gueule d'un charretier et l'estomac de trois patrons d'équipage.

Olivier se met à rire et réplique :

— Du moment que vous êtes pour le Roi, vous pouvez me charrier tant que vous voulez...

— Tais-toi, lance Mathias. Et écoute bien ce que je vais te dire : je suis pour qu'on me foute la paix. La conscription de Napoléon m'a pris mon fils. Elle l'a expédié en Espagne pour qu'il se batte contre des gens qui ne nous avaient rien fait. Ces gens se sont défendus, ce qui était leur droit le plus absolu. Mon garçon qui était bâti pour vivre cent ans a reçu une balle dans un genou. Ce qu'il a subi, c'est un brigadier qui nous l'a raconté. Un brigadier prisonnier avec lui qui a eu la chance d'en revenir, bien amoché, mais vivant tout de même.

Il s'arrête un instant. Olivier s'est, lui aussi, arrêté de manger. Son visage exprime de l'inquiétude. Il semble presque un peu gêné pour respirer.

Mathias boit une gorgée de vin et reprend :

– Cabrera, ça te dit quelque chose ?

– C'est un nom que j'ai entendu...

– Et tu sais pas où c'est. Moi non plus. C'est une île pelée. Pas plus grande sans doute que la Camargue, mais en plein océan. Des milliers de prisonniers entassés là-dessus. Des milliers, tu entends ? À crever de faim, de soif, de fièvre. La pourriture dans la jambe pour mon garçon. La fièvre et rien pour se soigner. Il est pas mort comme un homme, mon gars, ils l'ont laissé crever comme j'oserais pas laisser crever un rat, tu entends ?

La voix de Mathias s'étrangle. Un énorme sanglot le soulève et crève.

Personne n'ose ni un geste ni un mot. Quelques minutes coulent très lourdes. Puis Lucie se lève et va se placer derrière son père. Ses deux mains se posent sur la nuque et le cou du marinier qui les prend et les serre dans ses énormes battoirs. Comme s'il retrouvait un peu de force dans ce contact, il parvient à dire :

– La plupart des abrutis à qui on parle de

Napoléon le voient sur son cheval, avec des trompettes pour lui ouvrir la route. Moi, je le vois sur ce rocher de Cabrera, en train de crever de la gangrène au milieu des milliers de pauvres bougres qu'il a tués. C'est comme ça que je le vois ! C'est comme ça que je voudrais qu'il finisse !

Sa voix s'étrangle à nouveau. Lucie s'assied sur le banc à côté de lui. Elle se blottit contre sa poitrine et se met à pleurer en disant d'une petite voix qui se brise :

– Papa... Papa... mon pauvre grand frère. Mon pauvre...

Olivier baisse la tête. Sur la barbe de Rochard, deux perles de lumière tremblotent.

8

ILS sont restés un long moment sans un mot. Sans un geste. Le fleuve grogne toujours derrière les planches et sa voix sourde couvre le bruit des soupirs ; les raclements de gorge des hommes et les sanglots de Lucie qui fait un effort pour ne plus pleurer. Mais l'évocation de l'agonie de son frère a fait remonter en elle tout ce qu'ils ont souffert quand on est venu leur parler de sa fin.

Après ce silence habité par la colère du Rhône, patron Mathias tousse et, d'une voix qui tremble de colère contenue, il dit lentement, en fixant Olivier d'un regard sans haine :

— Tu comprends, garçon, ce que ça me fait, ta politique... Nous autres, on est pour travailler en paix. Moi, la conscription de cet arsouille de tondu m'a pris un gosse qui aurait vingt-quatre ans aujourd'hui... Alors, tu comprends, de deux maux, on choisit le moindre. Le Roi ne se mêlait pas trop de nos travaux. On en parlait le moins possible. On se disait qu'on pourrait peut-être se débarrasser de lui sans trop de casse le moment venu.

Olivier cesse de manger et le regarde comme s'il allait se remettre à crier, mais Mathias lève la main lentement. Il y a tant de force dans ses yeux encore embués de larmes que le garçon demeure la bouche entrouverte sur un mot qui y reste coincé. Et le patron marinier poursuit toujours sur le même ton calme où l'on sent cependant que gronde la colère :

– Oui, sans trop de casse... Tandis que l'autre, l'assassin, celui qui n'a que la guerre dans la peau, celui qui avait réussi à foutre le bordel dans toute l'Europe, semer partout la mort et la misère pour les survivants, s'il revient, celui-là, tout est foutu. Ce sera la guerre, encore la guerre et toujours la guerre !

Les sourcils noirs du garçon se sont haussés. Son front s'est plissé et son regard s'est éclairé d'une lueur où l'on croit lire à la fois la peur et une espèce de joie sourde. Il lance d'une voix pareille à une sonnerie de trompette :

— Mais c'est déjà la guerre !... La guerre contre l'usurpateur... Une guerre sans merci...

D'une voix brisée par l'émotion, Lucie dont les mains tremblent s'écrie :

— C'est affreux !

Olivier se redresse et fait un grand geste, brandissant sa cuillère comme il ferait d'un sabre de cavalerie :

— Rien n'est affreux quand on sert une noble cause. Moi, fidèle jusqu'au bout à mon Roi...

Presque sans colère, d'une voix écrasée de fatigue, Mathias lance :

— Tu vas pas nous foutre la paix avec tes âneries !

Olivier pose sa cuillère dans son assiette et se lève comme fouetté d'orties. Sans quitter son banc, le patron lui saisit le poignet et l'oblige à se rasseoir. Le garçon essaie de se dégager mais la poigne du batelier est terrible.

— Laissez-moi, j'ai ma cause à servir.

— Pour le moment, tu as ta soupe. C'est tout. Et nous autres, on voudrait bien finir de manger

75

tranquillement avant que le tondu vienne nous emmerder... Lucie, donne-nous les caillettes !

Tandis que la jeune femme se lève, Rochard se penche vers Olivier et, posant sa lourde patte sur son épaule, dit calmement :

— Patron Mathias a raison : de la soupe gagnée aussi durement que celle que tu manges en ce moment, ça se respecte. Faut pas l'avaler en s'engueulant. Faut pas la dégueulasser en parlant de choses malpropres comme la politique.

Olivier serre les lèvres. Son regard se durcit une fois de plus. Sans élever la voix, mais d'un ton tranchant et avec une lueur de feu dans les yeux, il lance :

— Ce que vous appelez de la politique, c'est ma raison de vivre.

Il se tait un instant. Sa poitrine se gonfle, il se redresse et, comme s'il s'adressait à une armée, d'une voix qui tremble un peu, il ajoute :

— De vivre... et de mourir !

Lucie pose au centre de la table un plat de terre vernissée où sont alignées de belles caillettes dans leurs coiffes de graisse blanche.

Rochard essaie de plaisanter :

— Avant de penser à mourir, mange donc une caillette. C'est Lucie qui les a préparées. T'en auras pas tous les jours des pareilles.

Olivier ne semble pas l'avoir entendu. Il est ailleurs. D'une voix sourde, il dit :

— Faut que je parte.

— Reste tranquille, fait Rochard. Nos hommes vont revenir avec les barques... Et tu sais, on va pas loin quand on a le ventre creux.

Patron Mathias, qui semble revenir sur terre, ferme son poing droit dont il frappe la table :

— Et toutes tes belles phrases, ça nourrit pas son homme.

Le garçon ferme à demi les yeux et grince :

— Vous êtes sordides.

— Pourquoi, grogne Mathias, parce qu'on mange ?

— Dis donc, lance Rochard, nous autres, on travaille dur !

Mathias le dévisage un moment en silence. Il hoche la tête lentement. Son front bas se plisse. La lumière vacillante de la lampe qui se balance légèrement et le ronflement du fleuve sont un moment la seule vie. Le garçon se soulève un peu sur son banc et respire profondément. Mathias sent qu'il va parler et se hâte de lancer :

— Dis donc, t'as la mémoire courte. Il y a une minute tu t'empiffrais en gueulant des « Vive le Roi »... C'est que tu nous croyais de ton bord... S'il faut qu'il y ait des fleurs de lys sur la soupe pour que tu la manges, alors !

Lucie semble vraiment agacée par ces prises de gueule qui n'en finissent pas. Se tournant vers son père, elle dit avec colère :

— Laissez-le donc tranquille. Après tout, s'il a envie de se jeter à l'eau...

Rochard l'interrompt :

— Il n'a qu'à manger et nous foutre la paix. Quand les hommes seront là, je le mènerai à terre, rive gauche ou droite, je m'en fous. Royaume ou Empire, peu importe pourvu qu'on me reçoive pas avec du plomb... Leur guerre, on s'en fout. Qu'ils en crèvent tous et qu'ils nous foutent la paix !

Lucie, qui s'est levée, pousse le plat devant Olivier en proposant d'une voix où perce encore un peu d'irritation :

— Tenez, prenez des caillettes. Ça vous fera

du bien. C'est un plat de mariniers. Une vieille recette qu'on se transmet de mère en fille.

Olivier fait non de la tête. Il semble se refermer de plus en plus sur lui-même. Puis, comme Mathias allonge le bras pour prendre le plat, il se décide à se servir. Mathias hausse les épaules et se tourne vers Rochard :

— Tu as raison, prouvier. Quand tous ces enragés seront allongés raides, la République se fera toute seule.

Olivier se redresse. On dirait qu'on vient de lui piquer les reins.

— La République ? Vous seriez républicains ?

Tout à fait calme, Mathias réplique :

— Et alors ? T'es bien royaliste, toi !

Olivier s'arrête de manger. Il pose sa fourchette et son couteau et les regarde tous les trois l'air dégoûté. Il fait comme s'il voulait se lever mais la lourde main du prouvier s'abat sur sa nuque et l'oblige à se rasseoir.

— Ah non, tu vas pas recommencer.

Mathias rugit :

— Mange !

Lucie demande si ses caillettes sont bonnes.

— Très bonnes. Merci, mademoiselle.

Ils mangent un moment en silence. On voit bien que le garçon hésite à parler. Puis, se tournant vers Lucie, d'une voix presque hésitante :

— Je ne comprends pas. Je suis royaliste, vous êtes pour la République et vous me traitez comme si j'étais des vôtres.

Rochard empoigne la bouteille et emplit le verre d'Olivier avant de servir les autres et de se servir :

— Bois un coup. C'est ça aussi, être républicain.

Mathias, qui vient de vider son verre d'un trait, le repose, s'essuie la bouche d'un revers de main :

— T'es trempé, gelé, affamé, au fond, ça suffit pour que tu sois des nôtres le temps de te sécher et de te caler l'estomac.

— D'ailleurs, dit Rochard, nous autres, on lui a pas demandé ce qu'il est. C'est lui qui le chante sur tous les tons. Comme s'il avait de quoi être fier !

Olivier se redresse, il bombe le torse et, de nouveau coléreux, il crie :

— Parfaitement, j'ai le droit d'être fier. Je m'en voudrais d'être des vôtres même un instant. Je suis noble, moi ! Noble d'une très vieille famille.

— C'est ça, rugit Mathias. Les croisades et tout le fourbi.

Il éclate de rire comme s'il allait s'étrangler. Il tousse puis reprend :

— Oublie pas que tu bouffes des caillettes républicaines. Sur un bateau amarré à la Table du Roi !

Tous se mettent à rire sauf Olivier qui serre les poings, de plus en plus maussade. Mathias se calme, puis, se penchant au-dessus de la table, d'une voix qui vibre, il reprend :

— Mange tes caillettes. C'est notre noblesse à nous, les mariniers du Rhône. Lucie te l'a dit : la recette s'est transmise de mère en fille depuis la nuit des temps. Parce que tu sais, la batellerie du Rhône, c'est une famille qui vaut bien la tienne. Vieille comme le monde. Une famille comme tu n'en verras pas d'autre ! Une...

Il se tait. Un choc très fort vient de faire vibrer le bateau. La lumière tremble et Olivier se lève en criant :

— C'est ceux qui viennent me chercher.

La poigne de Rochard l'oblige une fois de plus à s'asseoir.

— T'inquiète pas, fait Mathias, les barques accostent plus doucement. C'est un tronc d'arbre à la dérive qui nous a touchés. Mais y a pas de mal, entends-le glisser contre le bordage.

En effet, on perçoit nettement un raclement et une branche vient même cingler la vitre. Rochard ricane :

— Tu vois, t'es pas encore mûr pour être un bon marinier.

— Pas même un bon soldat, ajoute le patron avec un gros rire.

Lucie soupire. Elle semble ne plus savoir vers qui se tourner. Elle finit par dire :

— Pauvre gone, vous vous moquez de lui, c'est pourtant déjà bien assez triste qu'un garçon si jeune soit tout pourri de politique.

Olivier prend un air écœuré.

— Vous ne pouvez rien comprendre. Il vous manque d'être nés. C'est...

Mathias élève la voix. Il ne plaisante plus. Son regard s'est vraiment assombri :

— Ça suffit comme ça, hein ! Si tu continues à m'échauffer les oreilles, je vais te prendre sous mon bras et te fesser comme ton père aurait dû le faire. Pour moi, tu sais, qu'une paire de fesses soit royaliste ou républicaine, c'est une paire de fesses. Et quand je déculotte un morveux...

– Qu'un père laisse un gamin se mêler de politique..., commence Rochard.

– Mon père..., le coupe Olivier, qui se tait brusquement comme étranglé.

– Quoi, ton père ? demande Mathias.

Comme le garçon baisse la tête sans répondre, Lucie demande :

– Où sont vos parents ?

Olivier se redresse. Son regard qui lance des traits de feu va de l'un à l'autre. Sa voix est tranchante comme une lame :

– Les vôtres les ont tués !

Rochard n'a pas compris, il demande :

– Les nôtres ?

Lucie ne dit rien. Elle s'était levée pour recharger le foyer. Elle se retourne, son tisonnier à la main, et reste interdite, le dos au feu qui se meurt. Olivier parle calmement, mais d'une voix qui grince un peu. On le sent habité de haine. Une haine profonde, enracinée en lui sans doute depuis des années. Mathias en est bouleversé. Est-ce avec une haine pareille qu'on arrive à fomenter ces guerres et ces révolutions qui tuent tant de monde ?

— Vous n'ignorez pas qu'au moment où Bonaparte est revenu d'Égypte, les royalistes ont tenté de reprendre leurs biens...

— Façon de parler, soupire Mathias.

— Laissez-le, fait Lucie qui semble très émue.

Olivier reprend :

— C'est alors que mon père a été tué en Bretagne... Ma mère est morte trois mois plus tard.

— Pauvre garçon, soupire Lucie.

Un moment de silence passe. Lucie se retourne. Elle enfile deux rondins de saule dans le foyer qu'elle recouvre. Olivier, qui l'a regardée faire, attend qu'elle ait posé son pique-feu et qu'elle soit de nouveau face à lui, comme s'il ne s'adressait qu'à elle :

— Vous comprenez peut-être pourquoi, même si j'ai mangé à votre table, même si je vous dois merci pour votre soupe et vos caillettes, je ne peux pas être des vôtres. Ce serait trahir la mémoire de mes parents.

Lucie ne trouve rien à répondre. Quelque chose de très lourd pèse sur eux tous. Ils sont là, à écouter respirer la nuit. Depuis que la pluie a cessé, le vent a pris de la gueule et des vagues rageuses viennent fouetter les planches. De loin en loin, un grincement de métal se fait entendre, pareil à la plainte d'un nocturne. Après avoir longuement hésité, Mathias se décide :

— Je comprends que tu sois gonflé de tristesse. Je sais ce que c'est que pleurer ses morts, tu peux me croire. Mais pourquoi tu t'en prends à nous ? Pourquoi tu dis que les nôtres ont tué tes parents ?

Olivier n'hésite pas :

— Napoléon n'a fait que continuer votre révolution.

Avec un ricanement dur, le patron réplique :

— Tu veux dire qu'il l'a foutue par terre !

Rochard intervient :

— Il est venu pour mener sa sale guerre qui nous a pris tant de monde.

— La suite logique de votre révolution.

— Tu veux dire la fortune pour les traîneurs de sabre et les marchands de fusils, réplique Rochard.

Olivier hausse les épaules et grince :

— Vos sans-culottes sont à mettre dans le même sac que ses grognards !

Mathias cogne du poing sur la table où les assiettes et les couverts sautent. Il lance de son énorme voix :

— Petit morveux ! Tu insultes ceux qui ont ouvert au peuple la porte de la liberté. C'était une armée sans uniformes et sans marchands d'armes qui s'est tout de même payé le luxe de donner une bonne leçon à toute une Europe de nobles, de maréchaux, de rois et d'empereurs ! L'autre, l'armée du tondu, avec tout son bataclan de galons et de médailles, tu sais très bien qu'elle a fini à Fontainebleau ! C'était pas reluisant. Ça ressemblait plus à l'armée de ton Roi qu'à celle de Valmy !

Rochard, qui se contient depuis un moment, n'en peut plus. Levant la main, il s'écrie :

— Holà ! Doucement, patron !

— Quoi, grogne Mathias, t'es pas d'accord ?

Rochard se met à rire :

— Que si ! Seulement, je crois bien que vous voilà parti à discuter politique avec ce garnement !

Mathias semble soudain tomber du ciel.

Ouvrant de grands yeux, il les regarde tous d'un air effaré en s'exclamant :

— Nom de Dieu, mais c'est vrai ! T'as raison de m'arrêter, prouvier. Cet animal me ferait perdre mon bon sens. Allons Lucie, verse un coup de vin.

Lucie, qui s'est mise à rire, verse le vin aux deux mariniers, puis demande son verre à Olivier qui le retire.

— Pour vous, tout finit par un coup à boire. Je regrette, mais je ne suis pas comme ça. J'ai une cause à servir. Je ne saurais le faire bien en étant ivre.

Le regard de patron Mathias se pose tour à tour sur Olivier, sur Lucie, sur le prouvier. Il semble ne pas très bien réaliser, puis tout son visage s'éclaire et la grosse voix lance :

— Ça alors ! Vous avez entendu ? Monsieur ne saurait le faire... Monsieur a sa cause. Eh bien mon petit gone, si un verre de vin de Condrieu risque de te tourner la tête, faut le dire, Lucie doit bien avoir du petit-lait en réserve.

Rochard enchaîne :

— Dis donc, ta cause, fallait la servir tout à

l'heure au lieu de te sauver comme un lapin.
Tes ennemis, t'aurais toujours pu essayer d'en
tuer un, quitte à y laisser ta peau !

Lucie l'interrompt :

— Taisez-vous, Rochard. C'est ignoble.

— Qu'est-ce qui est ignoble ? interroge Olivier avec un sourire inquiétant.

— Imaginer qu'un enfant pourrait...

Olivier l'interrompt. Il se raidit. Son front se
plisse et son regard est une vrille tandis qu'il
lance :

— Je ne suis plus un enfant. Et j'aurais tué
même quand j'étais beaucoup plus jeune. Et
qu'est-ce que vous avez à me regarder de cette
façon ? Il n'y avait peut-être pas eu d'enfants
sur les barricades de la Révolution ?

Mathias, qui semble vraiment atterré, soupire :

— Ça n'est pas ce qu'on y a vu de plus beau.

Et Rochard ajoute avec un énorme soupir :

— Quand la faim fait sortir le loup du bois,
on peut pas empêcher ses petits de le suivre.

Un long moment de nuit venteuse et de
fleuve coule qui enveloppe vraiment le bateau.
Une tôle bat quelque part et une poulie grince.

Des chaînes raclent la roche. Les hommes écoutent et s'interrogent du regard. Après avoir longuement hésité, Lucie finit par demander à Olivier :

— Est-ce que nous devons comprendre que vous avez essayé de tuer ?

Très calme, presque glacial, le garçon réplique d'une voix qui ne tremble pas et avec, dans les yeux, une clarté qui fait un peu peur à Lucie :

— Mon seul regret, c'est de n'en avoir tué qu'un. Je n'avais qu'un pistolet.

C'est à peine si l'on entend Lucie qui murmure :

— C'est pas possible... Pas possible...

Olivier est parfaitement calme. Il les toise tous les trois et, d'une voix tout à fait posée, il se met à revivre la scène.

— Ils me cherchaient. Ils étaient quatre très bien armés. Deux d'entre eux portaient de grosses lanternes. Ils marchaient lentement en fouillant tous les recoins de la ruelle. Je savais que d'autres patrouilles devaient venir dans le sens opposé. J'étais à une fenêtre. Ces imbéciles n'ont même pas eu l'idée de regarder en haut tellement ils étaient certains de me trouver caché sous un portail comme un chat effrayé. Je les ai laissés approcher à moins de dix pas de la maison. J'ai choisi le deuxième parce que c'était le plus costaud. Au moins aussi large que vous, patron Mathias.

Il s'arrête et, tout souriant, s'accorde le temps de soupeser Mathias du regard avant de reprendre :

— Une sacrée belle cible... Je n'avais pas le droit de la manquer. J'ai tiré avec la main en appui sur le bord de la croisée. Il est tombé tout raide sur le dos. Je n'avais plus qu'à sauter par la fenêtre donnant sur le jardin.

Lucie s'est métamorphosée. Son regard est dur, son visage fermé, ses lèvres pincées. Elle souffle :

— Je ne vous crois pas.

Olivier ne l'a pas entendue. Il continue en s'adressant surtout aux deux hommes :

— Je crois bien que j'ai eu tort de choisir celui-là. Je l'ai pris parce que c'était le plus gros, mais j'aurais mieux fait de viser le premier qui devait être le chef. Il vaut toujours mieux tuer les gradés. Et les autres ne m'auraient sans doute pas poursuivis. Ils se seraient repliés vers d'autres gradés. J'y ai pensé trop tard. C'est une faute qui risque de me coûter cher.

Les deux mariniers sont sans réaction durant quelques instants. Puis Rochard finit par dire :

– Inouï. Il parle de ça comme on parlerait de placer une amarre à une boucle ou à une autre en eau calme, avec tout notre temps devant nous.

Lucie semble vraiment écœurée.

– Vous voyez bien qu'il invente cette histoire pour se rendre intéressant. Pour avoir l'air d'un soldat.

Olivier se lève sans hâte. Il va fouiller dans les vêtements qu'il portait en arrivant et qui sèchent, étendus sur le dossier d'une chaise, à côté de la cuisinière. Il revient vers eux et, avant de reprendre sa place, il lance un pistolet sur la table. Il ricane :

– Pouvez le garder en souvenir, je n'ai plus rien à mettre dedans !

Mathias regarde cette arme avec une sorte de dégoût. Pour lui, toutes les armes qu'il voit peuvent être celles qui ont fait mourir son garçon dans de si atroces souffrances.

Lucie recule d'un pas, comme si elle redoutait que cette arme ne lui saute au visage. Alors que Rochard avance sa main pour l'empoigner, Mathias intervient :

— Touche pas ça, prouvier... Touche pas !

— Ça ne risque rien, le rassure Olivier. Il n'est plus chargé.

Mathias pose sur la table ses deux mains largement ouvertes.

— Tu comprends donc rien, morveux ! Des pognes comme celles des mariniers, c'est fait pour la besogne dure, propre. Le travail de la vie. Ça n'a jamais touché des saloperies pareilles.

Il hésite un instant puis, comme Olivier semble s'apprêter à lui répondre, il le devance pour ajouter, l'air très sombre :

— Mon garçon, c'est des mains comme ça qu'il avait. Et avec ses mains de marinier, on l'a obligé à empoigner un fusil pour tuer des hommes.

Olivier se rengorge pour répliquer :

— Moi, j'ai tué un homme. Et j'en suis fier !

Mathias n'a même plus la force de se mettre en colère. D'une voix éteinte, il murmure :

— Tu peux... Il y a vraiment de quoi.

Très calme lui aussi, Rochard demande :

— Mais enfin, est-ce qu'il te menaçait ? T'aurais pas pu filer par-derrière sans tirer ?

– Tant qu'il me restait une cartouche, je n'avais pas le droit de me sauver. Ces gens-là sont mes ennemis, ils menacent notre cause...

Rochard fait aller sa tête de droite à gauche comme s'il voulait chasser une mouche. Lui aussi paraît effondré. Il soupire :

– Toujours la cause.

C'est d'une voix tout à fait sourde que Mathias dit en fixant de nouveau le pistolet :

– S'il faut tuer tout ce qui menace une cause ou une autre, tous ceux qui n'arrivent pas à se mettre d'accord, ça va en faire de la place dans cette vallée !

Lucie, qui semble se réveiller d'un mauvais rêve, se décide :

– Il est peut-être pas mort.

– Bien sûr que si ! lance Olivier. Touché en plein cœur. Et vous devriez vous en réjouir, vous qui êtes contre Napoléon.

Rochard fixe Olivier comme s'il ne parvenait pas à admettre qu'il ait pu commettre un acte pareil.

– Assassin à seize ans !

Toujours avec fierté, Olivier réplique :

– Non, soldat !

Il y a quelques instants d'un épais silence. On dirait que même le fleuve et la nuit retiennent leur souffle. Mathias a serré sur la table ses gros poings. Les veines de ses avant-bras se gonflent sous la peau velue. Il aspire une longue bouffée avant de crier :

— Tais-toi ! Tout individu qui tue froidement comme tu l'as fait est un assassin. Et les pires assassins ne sont pas toujours ceux qui tirent, ce sont ceux qui poussent les autres au meurtre. Les Espagnols qui ont tué mon fils sont moins coupables que les salauds qui l'avaient envoyé se battre là-bas !

Sa voix s'étrangle. Les autres n'osent pas intervenir. Il se ressaisit et ajoute :

— Je crois même que je leur en veux moins de me l'avoir tué que j'en veux à ceux qui voulaient faire de lui un assassin !

Lucie est au bord des larmes. D'une voix tremblante, elle dit :

— Père, je vous en supplie !

Mathias ne l'entend pas. Il est vraiment effondré. Il regarde ce garçon qui a tué un soldat. Un soldat comme son fils. Qu'on avait dû obliger à revêtir un uniforme et à porter une arme. Qu'on avait sans doute obligé à tuer d'autres soldats. Il pense au père et à la mère de ce grand gaillard tué par ce gamin pourri de politique. Il voudrait pouvoir arracher de lui tout ce qui le torture. Il demeure un moment comme prostré, puis il reprend d'une voix brisée :

— Des fois, en pleine nuit, ça me réveille... Pas sa mort. J'arrive pas à le voir mort. Je suis peut-être un peu fou, je me dis toujours qu'il est quelque part, caché. Blessé. Mal soigné mais que tout de même, il reviendra... Seulement, il y a toujours cette idée qu'il a peut-être tué, lui aussi...

Rochard l'interrompt :

— Faut pas y penser, patron !

Mathias ne l'entend pas. Hanté par le souvenir de ce fils qu'il aimait tant, il poursuit :

— On raconte qu'en Espagne, il y en a qui ont tué des femmes et des enfants...

Bravache, Olivier ajoute :

— Et des prêtres, et des églises incendiées, et des religieuses violées et éventrées, qu'est-ce que vous croyez donc, que c'était une armée de petits saints, une armée d'enfants de Marie, l'armée du tondu ?

Mathias gonflé de douleur et de colère explose :

— Tais-toi !

— Ne l'écoutez pas, dit Lucie en essuyant ses larmes. Moi, je sais très bien comment était mon pauvre frère. Il n'a pas pu trahir sa foi...

Mathias semble plus calme, il dit :

— Lui qui se serait foutu au Rhône pour sauver un chien...

Puis, son regard quitte le visage de sa fille pour se fixer de nouveau sur Olivier. D'une voix redevenue dure, il lance :

— Tu entends : un chien ! Un chien qui se noie, on le sauve, nous autres. C'est la règle, chez nous : sauver ou crever. Et tu voudrais qu'on massacre des innocents. Qu'on tue des hommes uniquement parce qu'ils pensent autrement que nous ! Tu voudrais que, du jour au lendemain, parce qu'on l'a obligé à quitter son bateau et qu'on lui a foutu sur le dos un uniforme, un garçon comme le mien soit devenu un assassin de ton espèce. Mais tonnerre de Dieu, c'est comme si tu voulais prendre une tourterelle pour en faire une vipère !

Olivier sourit. Il fait un geste qui semble vouloir exprimer un accord parfait.

— Moi, dit-il, je ne peux pas être pour ce que l'usurpateur a fait en Espagne. Massacrer des religieux, chasser un roi authentique pour le remplacer par ce Joseph, cet incapable qui n'avait même pas une goutte de sang noble dans les veines...

Il se tait en entendant un choc contre le bordage du bateau. Lucie dit :

— Ils rentrent déjà...

— Non, fait Rochard. Nos hommes n'auraient pas abordé si durement.

— Ce sont les gens qui me cherchent, dit Olivier. J'en suis certain... À cause de vous, je vais être tué.

Il se lève et veut se précipiter vers la porte, mais Mathias lui empoigne le bras et le retient :

— Trop tard !

Le garçon essaie de se dégager, il se débat et cogne sur l'avant-bras de Mathias en criant :

— Lâchez-moi ! Laissez-moi tenter ma chance.

— Je te dis que c'est trop tard. Reste tranquille.

Olivier les regarde tous les trois et, se raidissant, il lance :

— Alors, vous allez voir mourir un homme. Vous qui avez si peur de la mort... Vous allez voir comment meurt un noble !

Dehors, des gens parlent, mais on ne peut comprendre ce qu'ils disent. Il y a encore des bruits contre le bordage, ensuite des pas sur le pont. Mathias cherche du regard autour de lui puis, plaquant sa main sur la bouche d'Olivier, il l'oblige à se retourner et le pousse vers le coffre.

— Ouvre ça, prouvier !

Rochard ouvre le coffre et, à eux deux, ils empoignent le garçon, le déposent dans le coffre où ils le contraignent à se plier et à s'asseoir.

Dehors, une voix crie :

— Il y a du monde, par là ?

— Monte ouvrir, Rochard, qu'on n'ait pas l'air de se cacher. Et toi, le noble, si t'as envie d'éternuer, pince-toi le nez.

Il appuie sur la tête d'Olivier, referme le coffre et le pousse plus près de la table, s'assied sur le couvercle et s'accoude comme un dîneur rassasié. Il se verse un grand verre de vin.

Deuxième partie

9

LE fleuve est plus sinistre que jamais. Une nuit de suie souffle sur un flot d'encre. C'est pourtant toujours le nord qui domine mais des nuées épaisses écrasent les collines. Des nuées qui semblent naître de la terre. On les devine beaucoup plus qu'on ne les voit. C'est une nuit lugubre. Une nuit qui sent le drame. Rien de bon ne peut arriver sous un ciel pareil. Cette bise qui court au mistral vous lacère le visage et les mains. Les vagues lourdes qui se brisent sur la roche et contre les planches du bordage sont pleines de rage. Leurs embruns qui cinglent les vitres sont glacés.

Sur la rive gauche du Rhône, on voit des points d'or scintiller. Certains se déplacent, montent et descendent, disparaissent pour renaître. Des reflets qui se brisent très vite courent à la surface tourmentée des eaux.

Les mariniers, qui savent lire à la surface des eaux, aiment le Rhône même dans ses plus terribles colères, mais ils n'ont jamais aimé le voir si noir. Il y a des couleurs qui ne trompent pas. Des couleurs qui ne peuvent annoncer que le malheur. Les grandes heures tragiques qu'ils ont vécues ont toujours été précédées de moments très sombres. Le jour où Mathias a appris la mort de son fils, le fleuve était des plus ténébreux.

Rochard est monté sur le pont. Il a attendu que son patron soit installé sur le coffre pour ouvrir. En un éclair, il pense à tout cela quand il reçoit cette nuit de colère et de deuil en pleine face. Vers l'avant des hommes se déplacent. Il crie :

– Qu'est-ce que c'est ?

Des pas rapides sonnent sur le plancher et une voix forte appelle :

– Venez par là ! Toi sergent, reste vers cette porte et tâche d'ouvrir l'œil. Toi, avec moi.

Rochard s'écarte et redescend tandis qu'un soldat entre suivi d'un capitaine. Leurs unifor-

mes sont trempés et le schako du gradé semble
à moitié écrasé. Le soldat est un grand maigre
au visage très pâle, barré par une épaisse moustache noire. Il lance :

— Salut la compagnie !

Mathias répond :

— Bonsoir, messieurs.

Le capitaine, qui vient se planter entre
Mathias et sa fille, ordonne :

— Appelez-moi capitaine !

— Eh bien, capitaine, quelle drôle d'idée de
vous promener sur le fleuve en pleine nuit et
par un temps pareil.

L'officier se tourne vers le soldat :

— Toi Pétrus, tiens-toi vers la porte.

Le soldat remonte deux marches et se
retourne tandis que Mathias observe :

— Bigre, on se croirait en pleine guerre !

— Nous y sommes, batelier. En pleine bataille !

Mathias joue très bien l'étonnement. Il prend
le temps de dévisager tout le monde d'un air
ahuri avant de demander :

— Vraiment... la guerre sur mon bateau ?

Le capitaine, qui est un homme sec avec un
visage tout en os et un cou en tendons sous une

peau très brune, parle durement. Sa voix lui ressemble :

— Nous cherchons une fripouille de royaliste qui nous a échappé.

— Et vous le cherchez ici ? s'étonne Mathias. En plein milieu du Rhône ? Nous autres, à la remonte, on prend jamais de passager. De notre temps, les gens sont trop pressés. Pensez donc, ça fait bientôt sept jours qu'on est partis...

Le capitaine l'interrompt :

— Pas tant de discours, marinier. Il n'est pas question de passager, mais d'un homme qui se cache ici ! Une fripouille de royaliste qui m'a tué un soldat. Ce gredin a détaché une barque amarrée à un saule. Il voulait traverser pour gagner l'autre rive...

— Parbleu, lance Mathias, c'est tout naturel !

Le capitaine semble scandalisé. Il fixe Mathias d'un regard dur et demande :

— Ah ! Vous trouvez ça naturel ?

— Ben ma foi, traverser pour gagner l'autre rive, pourquoi on traverserait si c'est pas pour ça ?

Cette fois, le capitaine sort de ses gonds. Une main sur la poignée de son épée et l'autre menaçant Mathias de son index tendu, il crie :

104

– Ne vous moquez pas de moi.

– Me moquer ? Ben, ce que je dis, c'est l'ABC du métier. Je me garderais bien de me moquer d'un officier, surtout quand il est en colère !

Le capitaine semble faire un effort considérable pour retrouver son calme. Posant ses deux mains à plat sur la table, il s'incline légèrement vers patron Mathias et, détachant bien ses mots, il explique :

– Je dis que l'homme a fait force de rames pour gagner la rive droite où pullulent ces crapules de royalistes. Mais sa barque a chaviré.

Mathias hausse les épaules :

– Ça prouve que ce gaillard n'était pas un bon marinier.

– Son embarcation s'est retournée juste en amont de votre bateau.

Mathias soupire et lève ses grosses mains qu'il laisse retomber sur la table.

– Il aura heurté une souche charriée par le courant. Ça arrive. Surtout de nuit.

Lucie murmure :

– Pauvre bougre.

Rochard se signe et dit lentement :

— Que saint Nicolas, patron des mariniers, veille sur le repos de son âme.

Le capitaine se redresse. Sa colère remonte. Son regard dur les scrute un par un. Fronçant ses sourcils épais, il grogne :

— Taisez-vous ! Cet individu ne s'est pas noyé.

— Eh bien, fait Rochard, il a rudement de la chance. Avec un fleuve pareil !...

Le capitaine désigne le soldat qui l'a précédé ici et dit :

— Cet homme l'a vu qui nageait en direction de votre bateau.

Mathias se tourne vers le soldat et hoche la tête en se passant la main sur la barbe.

— Ben dis donc, mon gone, t'as de sacrés bons yeux, toi !

Le soldat se redresse et un large sourire éclaire sa face osseuse :

— Pour sûr, dit-il. Bon pied bon œil. Faut ça, dans l'armée... Faut dire qu'il y a eu un coup de lune entre deux nuages juste à ce moment-là.

Les mariniers ne disent rien, mais échangent des regards qui, visiblement, agacent l'officier. Comme le soldat répète qu'il est certain d'avoir vu le fuyard nager droit vers ce bateau, le capitaine tranche d'une voix qui cingle :

— Assez discuté ! Cet individu est monté à bord, j'en suis certain.

Mathias prend un air approbateur.

— Oh, alors, vous avez raison, faut pas perdre du temps à discuter. Si vous êtes certain qu'il est là, c'est qu'il y est.

Il repousse son assiette et s'accoude commodément en ajoutant :

— Tiens, Lucie, donne-nous donc à boire. Ces militaires doivent avoir soif.

Le capitaine ne semble pas avoir entendu. D'une voix rêche, il lance :

— Où est-il ?

Mathias semble tomber des nues. Ouvrant de grands yeux, il demande :

— Qui donc ?

De nouveau, le capitaine porte la main à la poignée de son épée et hurle :

— Ne vous moquez pas de moi !

— Diantre, je m'en garderais bien !

— Alors, où est cet homme ? Je suis pressé, moi !

Cette fois, patron Mathias a du mal à se contenir. Haussant un peu le ton, il réplique :

— Enfin, faudrait s'entendre une bonne fois. Qui l'a vu monter à mon bord, vous ou moi ?

— Alors, il peut y avoir un étranger à bord de votre bateau, et ça ne vous inquiète pas ?

— Vous savez, fait Mathias avec un geste et une moue qui veulent dire qu'il s'en moque, nous autres, on transporte du coton. Chaque balle doit peser bien plus lourd que nous deux réunis, alors, on pense pas aux voleurs...

Rochard intervient en s'adressant au soldat :

— Ça doit être moi que tu as vu sur le pont quand je suis monté pour fermer la bâche des chevaux.

Le capitaine se tourne vers le marinier.

— Si tu étais là-haut à ce moment-là, tu as dû nous entendre appeler.

Rochard, qui semble embarrassé, se reprend très vite :

— Pas entendu appeler... mais vous savez, avec un vent pareil...

L'officier rugit :

— Tu te moques de moi !

108

Mathias se soulève légèrement. Il a grand-peine à se contenir. Il fait un effort énorme et c'est d'une voix que la colère enroue et fait trembler qu'il intervient :

— Doucement, capitaine. Faut pas s'emporter. Réfléchissons une minute. Si votre gaillard est tombé à l'eau pendant que mon prouvier était sur le pont, ça fait un sacré bout de temps. Vous n'étiez guère pressés de le retrouver...

— Nous avons dû chercher une barque. De nuit, quand on connaît pas, c'est difficile.

— C'est sûr. Puis quand on connaît pas, la nuit, on voit des tas de choses qui n'existent pas. On se fait souvent des idées.

Le capitaine fronce ses épais sourcils. Sa moustache se hérisse. Il va parler mais Mathias le devance et s'adresse au soldat.

— T'es vraiment certain d'avoir vu ce fuyard monter sur mon bateau ?

Le soldat regarde son chef. Il hésite. Son long corps osseux se tortille tandis qu'il bredouille :

— Ben... ma foi...

— Oui ou non ? demande Mathias.

— Vous savez comme on dit : la nuit, tous les chats sont gris.

Mathias se tourne vers le capitaine.

– Vous voyez, il n'est plus certain de rien.

On peut se demander un instant si le capitaine ne va pas dégainer pour transpercer la poitrine du soldat. Il hurle :

– Pétrus, tu es un crétin. Tu m'as dit que tu étais certain de l'avoir vu sur le pont !

Le soldat fait oui de la tête et Mathias se demande si c'est pour reconnaître qu'il est un crétin ou pour dire qu'il a vu l'homme sur le pont de son bateau. Le soldat bredouille :

– Euh... Oui... enfin... c'est-à-dire mon capitaine.

– Tu l'as dit. Je ne suis pas fou !

– Oh ! Non, mon capitaine !

L'officier va bondir. Il glapit :

– Tu ne l'as pas dit ?

– Ben oui...

– Alors, qu'est-ce que tu racontes ?

– Je veux dire que vous n'êtes pas fou, mon capitaine.

Il y a un silence lourd de rires contenus chez les gens du fleuve, de colère chez le capitaine et de peur chez le soldat. Puis l'officier hurle :

– Oui ou non, tu l'as vu ?

– Enfin, c'est-à-dire... Mon...

– Abruti !

Mathias vole au secours du soldat :

– Vous ne le laissez pas s'expliquer.

– Il ne faut pas deux heures pour répondre oui ou non !

Mathias se tourne vers le soldat et lui parle avec affection pour lui demander de s'expliquer et le pauvre garçon tremblant de peur bégaie :

– C'est... c'est le capitaine... le capitaine qui m'a dit...

– Qu'est-ce que cet abruti va inventer ? demande l'officier.

– C'est que... enfin...

Pétrus s'arrête. La gorge nouée, il a du mal à avaler sa salive. Son chef lui lance un regard méprisant et grogne :

– Complètement idiot.

Rochard dit doucement :

– Non : discipliné.

L'officier le fusille du regard, mais le prouvier est un roc. Un bloc de calme que rien ne saurait ébranler. Quelques instants de silence coulent avec, seulement, le frôlement des eaux contre la coque de planches.

— Moi, dit Mathias, je sais bien ce qui s'est passé, quand vous lui avez dit qu'il avait vu un homme monter ici, il a dit oui. Parce que, militairement, il ne pouvait pas dire non.

Tous se mettent à rire hormis le capitaine qui aboie :

— Pétrus, je t'interdis de rire ! Et je t'interdis de discuter. Allez, nous allons fouiller !

Mathias émet un ricanement :

— À la bonne vôtre.

— Quoi ! hurle le capitaine.

— Je vous souhaite du plaisir. Avec le nombre de balles que nous avons à bord, vous en avez bien pour deux jours. Comme je compte reprendre ma remonte dès qu'il fera jour, vous me direz où je dois vous débarquer.

Lucie, qui est restée figée à côté de son fourneau où le feu rougeoie encore, demande :

— Est-ce qu'il faudra les nourrir ?

Mathias ricane :

— Penses-tu. Ils n'auront même pas le temps de casser une petite croûte.

L'officier le regarde et se penche vers lui, appuyé à la table.

— Vous pouvez plaisanter. Si vous m'avez trompé, gare à vous !

Mathias hausse les épaules et, se tournant vers sa fille, il demande calmement :

— Apporte du vin frais. J'ai pas l'habitude de tant parler, j'ai la gorge en feu.

Tandis que la jeune fille va chercher du vin, Rochard vient prendre place sur le banc, en face du patron. Tous deux se regardent. Rien ne paraît sur leurs traits de l'angoisse qui leur noue la gorge. Rochard ne peut s'empêcher de regarder souvent vers le coffre où est assis Mathias.

Quand Lucie revient et qu'elle leur verse à boire, elle est très pâle et sa main tremble légèrement.

Et la nuit continue de hurler tout autour. La pluie, qui avait cessé, se remet à tomber. Sa rage pour fouailler les deux vitres semble décuplée. Le vent miaule comme s'il voulait ajouter sa colère à celle des hommes.

10

LE soldat, l'air très emprunté, commence à examiner la pièce sans oser vraiment procéder à une fouille en règle. Le capitaine ouvre les portes d'un placard. Il a tiré fort car la porte coincée résistait. Des verres tintent. Lucie s'approche :

– Cassez pas la vaisselle. Vous voyez bien qu'il peut pas y avoir un homme là-dedans.

Mathias élève la voix :

– Ferait beau voir qu'ils nous cassent quelque chose ! Moi, je veux encore bien les laisser jouer à la petite guerre, mais qu'ils respectent le matériel !

Le soldat se dirige vers une sorte de porte très basse qu'il peine à ouvrir. Lucie, qui l'a suivi, lui parle calmement :

— Mais enfin, qui voulez-vous qui entre là. Y a juste deux marmites.

Le capitaine se retourne pour lancer :

— Ne l'écoute pas. Fouille partout !

L'homme fait un geste pour s'excuser et une grimace qui veut dire que le capitaine ne tourne pas rond, mais il continue de fouiller tandis que Mathias désigne les verres qu'il vient de remplir :

— Si vous voulez boire, c'est servi.

Le soldat s'approche de la table quand le capitaine l'arrête d'un geste en disant d'un ton très sec :

— Non, merci... Allons, toi, continue la fouille. Ne lambine pas !

Le soldat s'éloigne de la table en lançant au vin des regards d'envie. Durant quelques instants, il ne sait quoi faire. Il hésite, puis il laisse son fusil dans un angle pour s'allonger à plat ventre et regarder sous un long coffre à grains posé sur quatre billots de peuplier. Le capitaine s'approche de patron Mathias et ordonne :

— Levez-vous.

Mathias fronce les sourcils :

— Pardon ?

— Je vous demande de vous lever, que je puisse regarder là-dedans.

Et il frappe à coups de botte contre le coffre. Mathias ne bouge pas et grogne :

— Il est vide. Tapez pas si fort, c'est du beau meuble, ça... J'y tiens. C'était à mon arrière-grand-père qui l'avait fait de ses mains.

— Je veux voir, rage l'officier.

— Faites-moi confiance.

Le capitaine s'énerve. Il pousse Mathias en criant :

— Debout ! C'est un ordre !

Mathias, qui a pâli, se lève d'un bond en sifflant entre ses dents :

— Ah ! Tu y tiens, vermine !

Sa main droite empoigne le col de l'officier et tourne avec une force irrésistible. Il l'étrangle à moitié et l'oblige à se courber en avant. Sa main gauche se pose sur la nuque et pousse la tête vers l'angle de la table. Suffoquant, le capitaine appelle :

— Soldat, à moi !

Mais le soldat est toujours à plat ventre sur le plancher et Rochard, qui a bondi, lui pose le pied sur les reins en disant calmement :

— Bouge pas, mon grand, tu fais pas le poids !

Lucie s'est emparée du fusil. Comme elle en menace le capitaine, son père lui ordonne :

— Pose cet ustensile, mon petit. Avec ces engins-là, on ne sait jamais, ça part tout seul. Viens plutôt leur confisquer le reste de leur fourniment.

Rochard a déjà relevé le soldat qu'il tient lui aussi par le col. Il lui retire sa baïonnette et la lance près du fusil que Lucie vient de poser dans l'angle le plus éloigné. Elle tire de son fourreau le sabre du capitaine et demande :

— C'est tout ?

— Non, fait Mathias, il a son pistolet.

Dès que toutes les armes sont hors de portée, Mathias desserre un peu son étreinte. Aussitôt, l'officier essaie d'appeler :

— Sergent !

Son cri est tout de suite étranglé par Mathias qui serre de nouveau en le secouant :

— Fais attention ! Tu vois comme je te tiens. Si tu gueules, je te cogne la tête contre la table et je te la fais péter comme une noix !

Rochard, qui tient le soldat par-derrière, la main droite au col et la gauche au fond de culotte, le soulève en le secouant. Le soldat fait des grimaces et bave, mais sans oser crier. Rochard l'avertit :

– Attention, hein ! Même chose pour toi : comme une noix !

Le soldat tremble. Il est livide et un peu de bave salive sur son menton. Il gémit :

– Comme une noix, mon capitaine ! Il le ferait.

– Certain que ça ferait pas un pli, fait Mathias qui ajoute : Lucie, un bout de maillette pour ficeler ces oiseaux.

Lucie se précipite et tire de dessous l'escalier une cordelette qu'elle apporte vers Rochard. Les mains du soldat sont vite attachées. Un solide nœud de marinier puis le prouvier coupe la maillette et vient rejoindre Mathias. À eux deux, ils parviennent aisément à ficeler les mains de l'officier qui écume et dont les yeux noirs semblent vouloir jaillir de leurs orbites. Mathias le fait asseoir sur un tabouret et reprend place sur son coffre, à côté de lui. Il empoigne une cruche vide et la lève au-dessus de la tête de son prisonnier :

– Si tu bouges...

Le capitaine grogne :

— Vous le payerez cher !

Mathias part d'un gros rire :

— Allons bon ! Voilà des menaces, à présent !
Tu as belle allure pour faire le malin.

Mathias lui empoigne le bras et ajoute :

— Dans ton régiment, tu fais peut-être partie
des beaux spécimens, mais dans la marine, on
t'engagerait même pas pour aller chercher à
boire. Tu as compris ?

Il se lève et se dirige vers l'angle où Lucie a
poussé les armes. Le capitaine se tourne vers le
soldat pour lancer d'une voix qui grince :

— Un abruti qui pose son fusil !

Mathias se retourne :

— Rochard, fais-le taire !

Le prouvier empoigne la cruche dont il
menace l'officier. Mathias examine les armes
sans les manipuler vraiment, puis, se tournant
vers les prisonniers, il remarque :

— Sûr que l'imbécile, qui a dit que depuis
qu'on a inventé la poudre il y a plus d'homme
fort, avait pas prévu ça.

Comme le soldat se met à rire, Mathias
ajoute :

– T'as une bonne tête, toi. Une bonne tête qui va te servir à pousser la porte. Tu montes, tu pousses la porte et tu appelles le sergent... Tu lui dis que son capitaine le demande.

Se tournant vers Rochard, il fait avec un clin d'œil :

– T'as compris la manœuvre...

Le prouvier lève la grosse cruche et en menace l'officier. Mathias s'adresse alors à ce gradé qui continue de lancer des regards terribles :

– Toi, capitaine, dès que ton sergent arrive, tu lui dis de poser sa quincaillerie. T'as compris ?

Comme l'officier reste muet, Rochard lève la cruche et demande :

– Compris ?

Le capitaine grogne :

– Ouais.

Mathias pousse le soldat par l'escalier où il monte derrière lui sans le lâcher. Le soldat ouvre la porte et crie, d'une voix mal assurée :

– Sergent ! Sergent !

Le vent entre et fait vaciller la flamme de la lampe. Le pas du sergent approche. Une voix lance :

– Quoi ?

– Faut venir... Le capitaine vous demande.

La voix, plus proche, du sergent interroge :

– Vous l'avez trouvé ?

– Faut venir, sergent !

– Descends, ordonne Mathias.

Blême, le soldat, dont les jambes tremblent, redescend l'escalier laissant battre la porte.

11

LE premier qui entre n'est pas un sergent. C'est un petit homme rondouillard vêtu d'un manteau bleu trempé, tête nue, crâne luisant de pluie et qui descend péniblement car il a les mains liées derrière le dos. Mathias clame :

– T'as vu ce que je vois, Rochard ? En voilà un tout ficelé !

Très vite, il se tourne vers le capitaine.

– Allons, qu'est-ce que je t'ai dit ?

Le capitaine fait un effort énorme pour ordonner d'une voix qui passe très mal :

– Sergent, pose ton fusil.

Le sergent, qui poussait le rondouillard de la pointe de sa baïonnette, tourne son arme en direction du prouvier. Rochard se trouve plus proche de lui que les autres. Il a empoigné le soldat qu'il lève à bout de bras pour s'en faire un bouclier. Le malheureux se débat en implorant :

— Non ! Sergent ! Attention ! Ces gens-là sont forts comme des bœufs !

De nouveau, le capitaine donne l'ordre au sergent de poser son fusil. Comme le sergent hésite encore, Rochard pousse le soldat contre, bouscule le sergent et lui arrache son arme qu'il expédie dans l'angle où sont les autres. Le sergent qui a tenté de se défendre a reçu une gifle qui l'a expédié par terre, contre le piétement de la table. Le prouvier l'empoigne par un bras pour l'aider à se relever. Mathias ricane :

— Fais pas l'âne, toi. Je croyais l'infanterie plus solide sur ses pieds.

Rochard a pris le reste de la corde et, avec l'aide de Lucie, il attache les mains du sergent qui ne cherche plus à se débattre. Un filet de sang coule de son nez. L'homme replet, qui n'a encore rien dit, se met à rire alors que Mathias remarque :

— Celui-là est déjà ficelé. Ma parole, ils ont tout prévu.

L'homme s'avance d'un pas et, se redressant de toute sa taille, il crie d'une voix fluette qui contraste avec sa rondeur :

— Vive le Roi !

Mathias, qui vient de se lever, lance :

— Merde alors ! Lui aussi.

— Détachez-moi, demande le royaliste tandis
que le couvercle du coffre se soulève et qu'Olivier se dresse en demandant :

— Qui est pour le Roi ? Vive le Roi !

D'une voix énorme, Mathias tonne :

— Vos gueules !

Et il empoigne le bras d'Olivier qui se débat
en criant :

— Lâchez-moi ! Détachez cet homme qui est
des nôtres.

Le capitaine se met lui aussi à crier :

— Repaire de royalistes, ce bateau. Je savais
qu'il était là, cet assassin...

— Vos gueules ! hurle Mathias.

Rochard, qui s'est approché de la table,
empoigne la cruche vide et demande en la brandissant :

— Est-ce qu'il faut cogner ?

Le soldat regarde Olivier :

— Celui-là, on pouvait toujours le chercher !

— Ce bateau est bien un repaire de royalistes,
ricane le capitaine. J'en étais certain !

Mathias s'approche de lui et lui colle son poing sous le nez en ordonnant d'une voix puissante, mais sans crier :

— Tais-toi, freluquet ! Est-ce que tu sais seulement ce que c'est, un bateau comme celui-là ?... Eh bien c'est un outil de travail. Pas autre chose, tu entends ? Du vrai travail...

— Ah oui, du beau travail ! ricane l'officier.

Mathias se penche vers lui comme s'il voulait le mordre ou l'écraser de toute sa masse.

— Parfaitement : du travail ! Et même un travail dur, comme t'en as jamais fait et comme t'en feras jamais, c'est certain. Du travail d'homme, quoi ! Une besogne où on risque sa peau autant que dans ce que tu oses appeler ton métier. Un travail utile aux hommes. Pas une vaste entreprise d'assassinat !

Mathias s'éloigne d'un pas et le capitaine ne peut se retenir de lancer :

— Beau repaire de crapules !

Mathias se retourne, s'avance et lui lance une gifle terrible.

— Tu vas te taire, dis !

Il fait le tour de la pièce en les regardant. Il hésite un peu, puis, s'étant tourné vers son prouvier, il est comme s'il venait de puiser en lui une force nouvelle. Très calme, mais d'une manière tellement ferme que nul n'oserait l'interrompre, il commence :

— Vous pouvez pas comprendre ça, vous autres, un bateau, c'est quelque chose de propre. Est-ce que vous savez seulement ce que ça signifie ?

Il se tait. Son regard fouille les visages. Il cherche une réponse que nul n'ose lui donner. Alors, il reprend :

— Ça veut dire qu'un bateau comme le mien ne saurait en aucun cas servir une quelconque politique. C'est pas un ministère, ici ; encore moins le cabinet d'un empereur ou le trône d'un roi ! C'est un endroit où des hommes travaillent dur pour gagner honnêtement leur pain... Des hommes qui n'ont ni sang sur les mains ni cadavres sur la conscience !

Il hésite quelques instants en les regardant encore l'un après l'autre comme s'il voulait graver en lui chaque détail de chaque visage, puis, plus bas et plus lentement, il ajoute :

— Des hommes qui ne reçoivent jamais de médaille et qui s'en foutent ! Qui n'en vou-

draient pas parce que toutes vos breloques sont
faites pour récompenser le crime !

Mathias se tait, comme épuisé soudain. Un
moment de silence pèse sur eux tous avec,
contre la coque, le frôlement de l'eau et le raclement de branchages charriés par le fleuve. Le
capitaine hésite un peu avant de répliquer presque timidement :

— Vos insultes sont inutiles, la présence de
cette fripouille à votre bord suffit à prouver que
vous êtes royaliste comme lui.

Mathias empoigne le capitaine qu'il pousse
tout près du jeune garçon en demandant :

— C'est de lui que tu parles ?

Le capitaine fait oui de la tête.

— Eh bien, écoute-moi : ce garçon-là, tu le
connais pas. Tu l'as jamais vu ailleurs qu'ici. Il
est mousse à bord de ma rigue.

Le capitaine laisse aller un petit ricanement :

— Trop facile : un bateau où on enferme les
mousses dans des coffres !

— Quand tu es arrivé avec tes hommes,
explique Mathias, on était en train de jouer à
la cachette. Tu nous as troublés. On l'a un peu

oublié, et comme il est timide, il osait pas se montrer.

Désignant le capitaine, Olivier lance fièrement :

— Il sait très bien qui je suis. Et il sait que personne ne me fera changer de camp.

Se redressant de toute sa taille, pareil à un coq, il crie à pleine voix :

— Vive le Roi !

Mathias lui allonge une gifle terrible qui semble l'avoir à demi assommé. Il secoue la tête comme s'il s'ébrouait au sortir de l'eau et lance, écumant :

— Brute !

Lucie s'écrie :

— Oh, père !

Mathias empoigne le bras du garçon qu'il secoue :

— Sale gone, c'est la deuxième fois que tu m'obliges à te calotter...

— Vous êtes une brute. Une sale brute !

— Piaille toujours, fait Rochard, t'as pris deux baffes et on croirait que t'en veux encore.

— Vous voyez, triomphe le capitaine : pourri jusqu'à la moelle.

129

— C'est vrai, reconnaît Mathias, ce garnement a le vice dans la peau. Mais c'est la politique qui lui empoisonne le sang.

Le garçon se tourne vers le capitaine et ricane :

— Eux, ils sont pour la paix, et ils passent leur temps à cogner.

Très paternel, Mathias le prend par la nuque et le secoue gentiment :

— Enfonce-toi bien dans la tête que si je te corrige, mon gone, c'est pas pour mon plaisir. Une bonne raclée n'a jamais fait de mal à personne. Et si les garnements de ton espèce en recevaient davantage, je crois bien qu'ils penseraient un petit peu moins à cette pourriture de politique et un peu plus à devenir des hommes !

Le soldat, qui semble s'amuser à suivre ce qui se passe, ne peut s'empêcher de dire :

— Vous avez raison, à son âge, on s'occupe des filles.

Mathias approuve :

— Une raclée fait moins de mal qu'un coup de fusil. Et si ceux qui ont laissé leur peau en Russie, en Italie ou en Espagne n'avaient reçu que des coups de botte au cul, il y aurait moins de misère sur cette terre.

Lucie dont la voix s'étrangle murmure :

– Oui, moins de sang versé, moins de veuves et de parents en larmes.

Le soldat opine à son tour :

– La demoiselle voit bien les choses : la politique détraque tout.

Le ventru, qui a tout suivi d'un air très étonné, finit par dire :

– Vous avez peut-être raison, mais détachez-moi donc. Je suis inspecteur de la police du Roi, moi !

Le prouvier fait une grimace et s'exclame :

– Mince alors ! C'est pas rien !

Tandis qu'ils parlent, Olivier s'approche lentement du coin où sont les armes. Mathias s'adresse au policier du Roi :

– Je détacherai qui je voudrai et quand ça me plaira. Le monde est peut-être devenu fou, en train de sombrer, mais à bord de ce bateau, c'est encore moi qui commande. Et je te jure...

Il est interrompu par le cri de sa fille.

– Attention !

Elle a bondi sur le jeune royaliste à l'instant où il allait empoigner le pistolet du capitaine. Elle le pousse et manque rouler par terre avec lui. Les deux mariniers se sont précipités. Mathias se redresse en tenant le garçon par son col et son fond de culotte. Il le porte jusqu'à la table où il l'oblige à s'asseoir en face du capitaine. Il gronde :

— Bon Dieu ! Toi aussi, va falloir te ficeler ! Mais qu'est-ce que vous avez tous dans la peau avec vos fusils et vos pistolets ? Qu'est-ce qui peut bien vous attirer pareillement dans ces saloperies ?

Le soldat, qui a suivi tout ce remuement sans oser bouger, finit par dire :

— Moi, vous savez, ça m'a jamais attiré, ces trucs-là. Un jour, on m'a foutu un uniforme sur le dos et un fusil entre les pattes. On m'a pas demandé si je préférais un sucre d'orge ou un mirliton.

— Tiens, prouvier, dit Mathias, ça me dégoûte, ces saloperies sur mon bateau. Va donc me foutre tout ça au Rhône.

— De quoi l'empoisonner, patron !

132

— Penses-tu, il en a digéré d'autres depuis le temps des Romains.

Comme Rochard va ramasser les armes, Lucie intervient :

— Faites attention !

— Vous risquez rien, rassure le soldat, la poudre est aussi mouillée que nous et les amorces aussi.

12

AU moment où Rochard sort, il entend derrière lui le capitaine qui lance :

— Voilà qui vous coûtera très cher.

Et Mathias qui répond :

— Tu l'as déjà dit.

Il prend pied sur le pont où crépite une pluie glaciale lardée de vent. Le fleuve est à peine visible. Seuls quelques vagues reflets venus de lumières de la rive qu'on devine à peine courent sur les remous. Le prouvier s'approche du bordage et laisse tomber les armes. Il regarde en direction de la proue. Rien ne bouge. La bâche des chevaux ne claque pas trop. Il murmure :

— J'irai voir tout à l'heure. Mais Bon Dieu, les bêtes valent mieux que bien des hommes.

Il a hâte de retrouver les autres. Quand il ouvre la porte, une bouffée de chaleur odorante l'enveloppe. Il descend deux marches pour refermer derrière lui. Le capitaine est en train, à présent, de menacer d'une voix qui vibre beaucoup :

— L'Empereur est de retour. Avec lui, on ne plaisante pas. Les Bourbons payeront et vous avec eux.

Le prouvier descend. Il va se frotter les mains au-dessus du foyer. Mathias se met à rire et s'adresse au capitaine :

— Tu m'amuses. Pour l'heure, il est pas question de payer. Moi, je vois qu'une chose : sur ce bateau, cinq types désarmés et deux pas armés non plus, mais qui valent bien une escouade de soldats comme ceux de ton Empereur et au moins deux douzaines de policiers comme lui.

Rochard intervient pour annoncer :

— Et pour s'armer, faudrait faire un sacré plongeon. Tout est au bouillon. Ça a fait un gros plouf !

— On se sent plus léger, conclut Mathias.

Le soldat ose dire, avec tout de même un regard de crainte en direction du capitaine :

— Ça fait tout drôle.

136

— Le Rhône monte toujours et la flotte n'arrête pas de tomber, constate le sergent.

Lucie demande d'une voix anxieuse si l'eau monte beaucoup et Rochard la rassure :

— Il n'y a pas lieu de s'inquiéter pour le moment.

— À présent, dit Mathias, les hommes ne tarderont guère. Dès qu'ils seront là, nous irons vérifier l'amarrage.

Le capitaine grimace et grogne :

— Tout ça vous sera compté.

Les autres le regardent, un peu étonnés. Rochard demande :

— Qu'est-ce qu'il a, lui ?

— Les insultes à l'armée, les insultes à l'Empereur sont ce qu'il y a de plus grave, elles portent atteinte...

Mathias l'interrompt d'une voix forte :

— Voilà qu'il recommence sa rengaine ! Avec des gens de son espèce, le bateau pourrait couler qu'ils continueraient de discuter jusqu'à boire la tasse ! Il est vexé parce que j'ai dit que si tous les militaires sont comme lui, c'est pas étonnant qu'ils aient abrégé leur séjour en vue de Moscou.

Rochard se met à rire :

— Et qu'ils soient revenus si vite !

Le soldat avoue, l'air presque heureux :

— Sûr que ça lambinait pas. Ça allait bien plus vite au retour qu'à l'aller.

Le capitaine le foudroie du regard.

— Je m'en souviendrai !

Mathias intervient en frappant la table du poing :

— C'est pourtant vrai que vous êtes revenus avec le feu au cul ! Et c'est pourtant vrai aussi que vous êtes là comme des couillons et que nous ne sommes que deux mariniers sur ce bateau. Tu nous menaces. Tu veux nous faire payer, mais tu oublies qu'il me suffirait de t'envoyer rejoindre ton couteau à betteraves pour que tout soit réglé pour toi et que tu nous foutes la paix !

Le capitaine réplique, les dents serrées :

— L'Empereur a une police et des tribunaux.

Le policier lance :

— Le Roi aussi.

Rochard le désigne du doigt :

— La preuve !

Le soldat, qui semble craindre de moins en moins son chef, se met à rire :

— Pour une fois que la police du Roi et l'armée de l'Empereur sont logées à la même enseigne, faut reconnaître que...

L'inspecteur l'interrompt pour lancer à Mathias :

— Marinier, laissez-moi emmener ces coquins sur la rive droite et je vous donne ma parole que le Roi saura vous récompenser.

Le capitaine hurle à se casser la voix :

— Demain, ton Roi sera exécuté !

Le sergent remarque calmement :

— À moins qu'il n'ait déjà passé la frontière !

— Non, sergent, clame le capitaine. L'Empereur revenu, les frontières vont tomber.

— Et les hommes aussi, fait le soldat. On connaît ça. On en a déjà vu tomber pas mal.

L'inspecteur, furieux, crie :

— Ton Empereur sera jugé. Promené dans une cage. Et bientôt...

Mathias l'interrompt :

— Doucement ! Je vous l'ai dit : un bateau, c'est propre. Pas de linge sale à mon bord !

— Ce gamin et ce chien d'argousin doivent

mourir ! lance le capitaine que Mathias interrompt :

— Un jour ou l'autre, c'est sûr !

— Savez-vous que ce morveux a tué lâchement un de mes hommes ? lance le capitaine.

Olivier se met à rire.

— Lâchement à un contre cinq !

Mathias, sans se fâcher vraiment, élève pourtant la voix :

— Je te l'ai dit : votre politique de merde et
vos guerres imbéciles ont pourri la jeunesse. Tu
vas tout de même pas te plaindre de récolter ce
que tu as semé ?

Hors de lui, le policier braille :

— L'armée du tondu a martyrisé plusieurs
centaines des nôtres.

Malgré ses mains liées, il veut s'en prendre
au capitaine. Il fonce et tente de lui allonger un
coup de pied dans le ventre. Mais Rochard est
rapide. Un bond en avant le place à bonne
portée et sa main cueille au vol le menton de
l'argousin. Tout le monde entend claquer ses
dents. L'homme tombe à la renverse et s'étale
dos au plancher. Le prouvier lui pose son pied
sur la poitrine :

— Reste par terre, ça t'évitera d'y retourner.

— Des vrais chiens enragés, constate Mathias.

Lucie, que tant de colère écœure et inquiète, propose :

— Dès qu'on aura une barque, faudrait tous les conduire sur la rive.

— Tous sur la même, fait Rochard, ils se boufferaient les foies. Pour leur faire une bonne blague, moi j'emmènerais les royalistes sur la rive gauche et les autres sur la droite.

— T'es pour la paix, toi, constate Mathias qui ajoute : Si j'aimais le sang, j'enfermerais le capitaine et l'argousin dans la cale pour voir lequel ferait son affaire à l'autre.

Le prouvier se met à rire et propose :

— On les foutrait à poil et sans rien dans les pattes. Y seraient comme des bêtes.

Olivier intervient :

— J'irais aussi pour pouvoir...

Mathias le menace d'une gifle :

— Toi, le nouveau-né...

— Faudrait y mettre tout le lot, propose le prouvier.

— Non, dit le soldat, moi je serais la réserve...

141

Il est interrompu par un craquement de bois comme si le bordage venait de se briser.

Rochard bondit vers l'escalier et monte très vite.

– Par saint Nicolas... Le bateau bouge.

Comme les prisonniers ébauchent un mouvement vers la sortie, Mathias ordonne :

– Restez tranquilles, ou je cogne.

Et il brandit le tisonnier.

Rochard sort. Le vent mouillé entre en furie et couche la flamme de la lampe. La porte se referme aussitôt. Lucie, qui s'est réfugiée dans une encoignure, semble terrorisée.

Il y a un long moment d'une nuit chargée de menaces. Une nuit de colère où le fleuve semble avoir dominé vraiment les hommes.

Lucie est tout habitée de crainte, d'images venues du passé aussi. Le visage de sa mère morte. Le visage bien vivant de son frère. Tout passe en elle à une vitesse folle. Tout a la force d'un fleuve. Mais d'un fleuve de colère. Couleur de nuit et de feu. Un fleuve où son frère encore enfant se débat. Et ce n'est pas contre l'eau qu'il lutte, c'est contre des vagues de feu. Des remous de flammes et des tourbillons de cendres. Tout cela ne va durer que quelques instants, mais ce sont des instants d'une terrible colère qui la laisse comme moulue de fatigue. Brisée comme elle ne l'a jamais été.

13

L E policier crie :
— Laissez-nous sortir !
— Ne bougez pas ou je cogne, lance Mathias.
Déjà la porte s'ouvre et le prouvier se penche pour appeler sans entrer :
— Vite, patron ! Un arbre énorme a écrasé leur barque contre notre flanc. Venez, faut faire sauter les mailles. Il est pris dedans avec tout son branchage.
— J'arrive, crie Mathias qui, au pied de l'escalier, se retourne :
— Détachez-nous, demande calmement le capitaine.
Mathias empoigne un couteau et tranche les liens du soldat.
— Toi, je te fais confiance. Fonce et obéis à Rochard.

Le soldat monte en disant :

— Je risque pas de plonger, je nage comme un fusil. Putain, ce que l'eau doit être froide !

Les autres se démènent et tous veulent suivre. Mathias détache aussi le sergent qui monte en disant :

— Parole d'honneur, je suis à vos ordres, patron !

Mathias se tourne vers Olivier :

— Allez, va aussi et te tire pas ! T'as trop de cran pour pas savoir où est ton devoir.

Le policier crie au garçon qui sort :

— Pense au Roi de France !

— Crétin, c'est bien le moment ! lâche Mathias en grimpant l'escalier.

En haut, il se retourne et conseille à Lucie :

— S'ils bronchent, frappe avec le tisonnier.

Alors que le patron sort, le capitaine hurle :

— Sergent ! Service de l'Empereur !

Dehors la nuit est épaisse et mouillée d'un vent qui semble aspirer l'eau du fleuve pour en fouetter les hommes et les flancs sonores du bateau. Mathias a accroché la porte de manière à ce qu'elle reste ouverte et qu'il puisse entendre si sa fille l'appelle. Les bourrasques lui apportent

146

les coups de gueule du capitaine et du policier qui continuent de s'insulter.

Rochard, qui a bondi vers la proue, donne des ordres :

— Coupez à la hache !... Toi, Olivier, viens ici !

En bas, le capitaine crie :

— Détachez-moi !

Le policier pleurniche :

— Mademoiselle, détachez-nous. Vous n'avez pas le droit de nous laisser crever comme des chiens qu'on noie.

— Non, mon père n'a pas appelé.

— J'irai l'aider, je vous le jure.

Le capitaine part d'un gros rire :

— Tu payerais cher pour sauver ta peau !

— J'ai pas trente ans. J'veux pas crever comme ça.

— T'aurais fait un foutu soldat !

Mathias, qui l'a entendu crier, va jusqu'à la porte et se penche vers l'intérieur.

— Ça va oui ?

— Ça va, père. Vous inquiétez pas.

Il retourne à la barre qu'il reprend et crie au prouvier :

— Ça va tenir ?

— Oui. Je donne du mou. Forcez sur tribord, et je vais resserrer.

Mathias pousse de toute sa force. Le bateau vibre, semble hésiter quelques instants avant de reprendre sa place juste en aval de l'énorme roche où l'on entend se briser le flot à ras de la surface où les vagues déferlent.

En bas, Lucie a compris au mouvement du bateau que l'amarrage est bon. Les deux hommes, eux, continuent de se menacer. Le capitaine s'adresse à elle :

— Détachez-moi et donnez-moi le couteau. Je vous promets que ce cochon n'aura pas le temps de souffrir.

— Assassin, hurle l'autre. T'es pas à un crime près !

— Taisez-vous, crie Lucie. Il n'y a plus de risque.

Le capitaine se met à rire.

— Elle a plus de cran que toi, la gamine.

Le policier grince :

— Si je m'en sors, elle payera comme vous tous.

— Tu t'en sortiras pas. Mais si tu t'en sortais, tu serais pas fier de toi... Mademoiselle, je boirais bien un coup.

Lucie va emplir un verre et fait boire l'officier qui avale très vite ce vin frais et qui souffle en disant :

— Merci. L'est fameux !

Lucie en offre au policier qui refuse d'un mot lancé comme une pierre :

— Non !

— On dit : non, merci, mademoiselle, fait le capitaine.

L'autre qui ne rit pas grogne :

— J'ai pas besoin de vin pour crâner, moi.

On entend crier le prouvier :

— Attention ! Un filin est cassé. Barre à tribord à fond !

Lucie se précipite vers la croix de marinier sculptée par son père. Elle la prend et se laisse tomber à genoux en la serrant contre sa poitrine. Elle se met à prier à mi-voix :

— Notre Père qui êtes aux cieux...

Le capitaine dit :

— T'aurais fait une sacrée cantinière, toi ! Verser le vin, prier pour ceux qui vont claquer...

Le bateau bouge de nouveau. Il y a un choc sourd et Mathias crie :

— Tous à l'avant ! Tendez les mailles. Attention Rochard : prends un filin et saute sur la roche !

De très loin dans la bourrasque arrive la voix du prouvier :

— C'est bon ! On est parés patron !

Lucie se relève et va remettre la croix à sa place :

— Merci, mon Dieu ! Nous sommes sauvés.

Le capitaine se met à rire :

— T'as entendu, trouillard. On est sauvés. Tu vas pouvoir faire sécher ta culotte.

— Toi, tu perdras rien pour attendre.

On entend le pas pesant de Mathias qui suit le bordage et s'arrête à la porte. Il se retourne pour crier :

— Allez, revenez. On est parés.

On court sur le bordage et la voix claire d'Olivier lance :

— Adieu tout le monde. Vive le Roi !

L'inspecteur crie lui aussi :

— Vive le Roi !

Et Lucie annonce :

— Il a sauté.

Mathias crie :

— Bonne chance, petit !

Et, dans le peu de clarté suintant d'une nuée transparente qui passe devant la lune, il regarde le garçon qui nage avec vigueur en direction de la rive droite. Il le suit des yeux jusqu'à ce que la nuée se fasse plus épaisse et le dérobe à sa vue. Il ne peut plus rien voir, mais il sait que ce gamin impossible est certainement en train de s'en sortir. Et, pour lui, c'est presque comme s'il avait vu son propre fils quitter à la nage l'île de Cabrera pour rejoindre la côte de France. C'est une sensation très fugitive, qui fait tout de même couler en lui, durant quelques instants, une onde de joie. Sans savoir au juste pourquoi, il a détesté ce garnement et il l'a aimé. Il murmure sans desserrer les lèvres :

– Pas dans mes idées... un peu fou... tout de même... C'est pas un mauvais cheval... Pas un trouillard.

14

MATHIAS entre, ruisselant, et repousse sa fille qui s'est précipitée pour sortir.

— Non, petite. Reste là.

— Père, c'est Olivier qui a sauté ?

— Ben oui ! Personne l'a poussé, va !

— Mon Dieu !

Il se met à rire tandis que les autres entrent à leur tour.

— Sois tranquille. On est loin de la rive, mais le bougre nage rudement bien !

Le capitaine est furieux. Grimaçant, il lance :

— Bravo ! Vous l'avez laissé filer.

— Détachez-moi. Vive le Roi ! crie le policier.

Mathias, qui vient de se laisser tomber sur le coffre d'où est sorti Olivier, cogne un grand coup sur la table et crie :

— Vous autres, je vous conseille de vous taire.

Ce gamin n'est pas un lâche. Il aurait pu plonger tout de suite quand on est sortis. Personne ne pouvait l'en empêcher... Il ne se serait pas crevé à tirer sur les mailles. Il n'aurait pas couru le risque de se faire coincer une patte... Il a voulu nous aider jusqu'au bout... Il...

Le policier l'interrompt :

— Il l'a fait parce qu'il a une mission à remplir. Pour moi... pour qu'on vienne me chercher.

Mathias et le capitaine éclatent de rire puis, s'arrêtant soudain, Mathias s'interroge en fronçant les sourcils :

— Il a peut-être en lui quelque chose que la pourriture n'a pas encore atteint. Une petite graine d'homme.

Le soldat, qui vient de descendre avec le sergent et Rochard, se plaint :

— J'suis trempé comme une soupe.

— On est tous trempés comme des soupes, fait le sergent, mais pas des soupes comme celle qui sent si bon.

Mathias se tourne vers sa fille.

— Il a raison, Lucie. Fais chauffer ce qui reste, on en a besoin.

154

Ils s'approchent du fourneau et commencent à se déshabiller. Le soldat observe :

— Tout de même, drôle d'idée de plonger comme il a fait. Moi, je préfère ce bouillon à l'autre.

Il se penche et renifle au-dessus de la marmite d'où commence à monter la buée. Son regard pétille de joie.

Toujours aigre, le capitaine grogne :

— Tu ne risquais pas d'en faire autant !

— Mon capitaine, j'aurais bien voulu, mais je vous l'ai dit, je nage comme un fusil.

— Ça t'est bien utile pour te préserver du remords.

Mathias s'approche du capitaine qui rentre la tête entre ses épaules comme s'il redoutait une gifle. Mais le patron de rigue lui parle sans colère.

— Ce soldat n'a rien à se reprocher. Il m'a obéi. Il nous a aidés de son mieux.

Mathias retourne s'asseoir à sa place. Le capitaine lance au soldat des regards noirs. Ni le soldat ni le sergent ne semblent lui prêter attention. Tous deux se tiennent collés à la cuisinière et le sergent regrette :

155

— Si seulement on avait de quoi se mettre au sec.

— Je vais chercher ce qu'il faut, promet Rochard en montant l'escalier.

Au moment où il ouvre, une bourrasque secoue la lumière et des gouttes glacées viennent tomber jusque sur la table et sur le fourneau d'où monte de la buée.

Le sergent, qui semble vraiment épuisé, renonce à se chauffer et va se laisser tomber sur le coffre à côté de Mathias. Il soupire :

— J'en peux plus, moi !

Puis il se redresse un peu et, se tournant vers Mathias, il sourit :

— Mais quelle manœuvre, j'ai...

Le capitaine l'interrompt en lançant :

— Pouvez être fier. Un morveux vous montre l'exemple, vous n'êtes pas foutu de le suivre !

Le sergent paraît accablé :

— Vous m'avez jamais vu nager, mon capitaine.

Mathias se redresse pour lancer à l'officier :

— Un chat peut mépriser une grenouille autant que vous méprisez un royaliste, mais il y a tout de même des endroits où il serait bien en peine de la suivre.

Le capitaine se contente de grogner :

— Vous aurez à rendre des comptes !

Le soldat parle avec l'air de se moquer du capitaine :

— Tout de même, c'est pas notre faute si on sait pas nager. On va pas nous fusiller pour ça !

— Toi, tu me parais prendre bien de l'aplomb...

Mathias frappe la table du plat de la main :

— La ferme ! Drôle d'armée. Ceux qui n'ont rien foutu vont demander des comptes à ceux qui se sont battus pour eux !

— Drôle de bataille ! ricane le capitaine.

Mathias le toise et, très méprisant, il lâche :

— Pauvre type !

Puis il se tourne vers le soldat et le sergent pour demander :

— Alors, vous autres, qu'est-ce que vous en pensez de notre bataille ?

C'est le sergent qui répond. Et il le fait en fixant son supérieur :

— À bien regarder, c'est quelque chose ! Ça

n'a pas duré longtemps, il n'y a pas eu de morts, pas de blessés, et pourtant, c'est quelque chose !

— Et à présent, demande Mathias, comment vous sentez-vous ?

Le soldat se met à rire :

— Trempé jusqu'aux os et l'estomac comme une bourse de simple soldat.

— Imbécile, dit le sergent, c'est pas ce qu'on nous demande. Moi, des moments pareils, ça me donne à réfléchir.

Lucie soulève le couvercle de sa marmite d'où monte un nuage de buée qui les fait tous saliver. Mathias raconte :

— J'avais douze ans quand j'ai livré ma première bataille avec le Rhône. Et depuis, je n'ai guère vécu d'hivers sans avoir au moins une dizaine de fois à me battre avec lui.

Le capitaine lance d'un ton plein d'aigreur :

— Sois tranquille, t'en as plus pour longtemps.

Mathias va jusqu'à lui et l'empoigne par son col comme s'il voulait le soulever. Il le secoue un peu et dit de sa voix de tonnerre :

— Suffit, l'ablette, tu commences à me saouler ! Je sais qu'il y a beaucoup de choses qu'un être de ton espèce ne comprendra jamais. J'ai fait trente-huit ans de batailles, moi ! Et en trente-huit années, pas une heure dont j'aie à rougir. Je pense pas qu'il y ait un grand nombre de militaires qui puissent en dire autant !

– Certainement ! lance le policier.

Mathias se tourne vers lui et s'en approche lentement :

– J'ai pas l'impression que tu vailles plus cher que lui. Si la police était propre, avec un brin de dignité, avec ce que vous appelez le sens du devoir et de l'honneur, elle serait bien la seule armée dont l'existence pourrait se justifier. Une armée qui serait là pour protéger les honnêtes gens, pas pour les emmerder. Seulement, avec des individus de ton espèce, toujours prêts à la torture et au meurtre !

– Un soldat, fait le capitaine, c'est tout de même autre chose !

– Qu'on nous détache tous les deux, je vous ferai voir si un policier vaut pas un soldat...

Mathias fait volte-face et bondit sur le policier qu'il empoigne et porte vers la cloison du fond où il l'assied sans ménagement. Puis il vient chercher le capitaine qu'il va déposer à côté du policier.

– Les exhibitions de meurtre, les concours d'assassinat, j'en veux pas, moi ! Ce que je voudrais, c'est le droit de manger une assiette de soupe sans être emmerdé par des arsouilles comme vous.

Il revient vers la table, s'arrête, se retourne et les toise en ajoutant :

– Vous dites un mot, vous faites un geste et je vous écrase tous les deux comme des cancrelats que vous êtes !

15

LE prouvier est sorti dans cette nuit qui continue d'être en folie. Avant de se diriger vers la cadole où l'équipage couche et laisse des vêtements de rechange, il a voulu vérifier si l'amarrage tient toujours aussi bien. Il a retendu un câble qui vibrait un peu et en a desserré un autre qu'il jugeait trop tendu. Quand il travaille, c'est à peine s'il voit ses mains tant la nuit est épaisse. Il pleut moins fort mais le peu d'eau qui tombe est glacée. Et le vent qui la pousse vient toujours du nord. On l'entend se déchirer sur tout ce qu'il rencontre. En amont, dans la grande courbe, il y a de très hauts peupliers que l'on entend gronder à la manière des fauves en colère. Ils doivent se démener comme de beaux diables et, de loin en loin, on perçoit même d'inquiétants craquements.

L'homme de proue essaie de scruter les rives. On n'y distingue que quelques lueurs très vagues et tremblotantes. Il pense à Olivier qui doit à présent avoir touché terre. Peut-être a-t-il déjà rejoint ses amis. Rochard, qui n'a pas la moindre sympathie pour les royalistes, éprouve tout de même une certaine joie à l'idée que ce gamin ait pu rejoindre les siens.

Il revient sans hâte vers la lumière qui filtre à travers les vitres et allonge un reflet d'or sur le pont trempé. Il ne peut s'empêcher d'imaginer un instant ce qui pourrait arriver si les bonapartistes s'installaient sur une rive et les royalistes sur l'autre. Une guerre civile après tant d'autres guerres ? De quoi être écœuré. Tant et tant de morts pour rien. Pour le seul orgueil d'un dément.

Rochard est un homme d'un caractère exceptionnel, pourtant, il sent sa poitrine se serrer et une énorme peur l'envahir. Car sa femme, en ce moment, se trouve sur la rive gauche où progresse ce malade qui va, de nouveau, ensanglanter l'Europe.

S'il n'a pas vraiment peur pour lui, il ne parvient pas à imaginer ce que pourrait être pour les bateliers du Rhône une guerre qui opposerait les gens de la rive gauche à ceux de la rive droite. Une folie !

Rochard descend dans la cadole des matelots et y prend des vêtements. Mathias vient de s'asseoir quand il entre, très vite, chargé d'une brassée d'habits de cuir. Il s'excuse :

— J'ai été long. Je suis allé vérifier les amarres. Ça tient bon.

Il jette les habits au pied de l'escalier et gagne sa place à table en ordonnant aux soldats :

— Changez-vous.

Les deux hommes commencent à se déshabiller. Le sergent va poser sa tunique près du fourneau en constatant :

— Va falloir faire sécher tout ça. Y en a pour un moment.

Lucie attrape la tunique pour l'étendre sur le dossier d'une chaise. Son père l'arrête.

— Donne-moi ça, Lucie.

Il empoigne le vêtement qu'il lève à bout de bras en maugréant :

— Sécher, repasser, pourquoi pas briquer les boutons pendant qu'on y est.

Rochard, qui s'est approché, examine lui aussi la tunique et remarque :

— C'est du beau tissu.

— Oui, fait Mathias, joli déguisement. Un cadavre là-dedans, y a pas à dire, ça présente mieux que dans un sac de peau comme nos dépouilles. Quand je pense qu'on avait obligé mon pauvre gone à se foutre pareille défroque sur le dos ! Misère !

Il se tourne vers le sergent qui vient d'enfiler un pantalon et une veste de cuir. Et il lui demande ce qu'il en pense. Le sergent a un petit rire pour répondre :

— Ma foi, pour l'heure, je me sens plus au sec.

— Ça fait peut-être moins d'effet, constate Rochard, mais c'est du solide.

— Vous savez, fait le soldat, de nos jours, les filles regardent plus le moine que l'habit. N'empêche que par un temps pareil, le cuir, c'est mieux que le drap.

Le vêtement que vient d'endosser le soldat est beaucoup trop grand pour lui. Il remonte le bas du pantalon et retrousse les manches.

– Le jour où tu rempliras ça, observe Rochard, tu seras vraiment un homme.

Le soldat se tourne vers le fourneau et désigne les casseroles :

– Je sens qu'on va manger beaucoup, on va engraisser vite.

Mathias, qui a ramassé tous les uniformes, en fait un paquet qu'il tient en grimaçant, montrant la porte puis le fourneau, il demande :

– Qu'est-ce qu'on en fait ? Au Rhône ? Si on les fout au feu, ça va l'éteindre.

Mathias sent très bien qu'il plonge les deux militaires dans un grand embarras. Comme le sergent lorgne en direction de son capitaine, Mathias ajoute :

– T'inquiète pas pour celui-là. C'est du matériel militaire. C'est du définitif, mais vous autres, c'est différent. Vous avez pas lourd de galons.

Il désigne encore la cuisinière puis l'escalier en demandant :

– Alors ? À sécher ou à laver ?

Lucie s'avance pour empoigner les vêtements, son père l'arrête :

– Laisse ça ! C'est à eux de décider. De prendre

leurs responsabilités... Alors, vous autres, les guerriers ?

Comme il regarde le soldat, celui-ci se tourne vers le sergent en s'excusant :

— C'est pas moi qui commande.

Mathias explose :

— Ah ! Merde de merde ! Quand elle ne les tue pas, l'armée les réduit à l'état de chiffes molles. Plus de jugement. On suit celui qui marche devant, le nez contre son sac. Sacrebleu, y s'agit plus d'obéir, tu dois prendre ta décision. Pour toi. Décide en homme libre si t'es un homme !

Le soldat se gratte la tête et son visage s'allonge en une grimace comique. Il bredouille :

— Ben oui... Mais le sergent...

Ce dernier prend son ton de commandement :

— Soldat Beaujean !

Le soldat se met au garde-à-vous. Pieds nus, il ne peut pas claquer des talons. Comme il a voulu le faire, il s'est fait mal aux chevilles et grimace. Il dit tout de même :

— Oui, sergent, je...

Mathias l'interrompt :

— Ah non ! Pas avec ce que vous avez sur le dos. Si vous vous sentez encore militaires, je vous redonne vos frusques trempées.

L'air très embarrassé, le sergent reprend :

— Je me demande si on peut vraiment réfléchir en les regardant.

Et Pétrus ajoute :

— C'est vrai, on a l'impression de les avoir encore sur le dos. Alors, peut-être...

Il fait un geste en direction de la porte. Le sergent semble approuver puis il se ressaisit pour dire, avec un regard en direction du capitaine :

— C'est grave.

Le soldat regarde lui aussi son capitaine, hésite un instant. Avec un geste de la main par-dessus son épaule, il lance :

— Au point où on en est...

Le sergent semble soulagé.

— Allez, on verra bien.

Ils suivent tous des yeux Rochard qui monte le petit escalier avec le paquet d'uniformes. Pétrus se décide à lancer :

— Après tout, c'est pas moi qui leur ai réclamé ce fourniment. Ils me l'ont collé sur le poil et allez donc, en avant mon gars, et sans rouspétance !

Le capitaine émet une sorte de gloussement entre le rire et le grognement, puis il récite :

— Désertion, abandon d'armes et d'uniformes, conseil de guerre, c'est la...

Il n'achève pas. Mathias a empoigné un verre qu'il a lancé de toutes ses forces. Le verre s'est brisé contre la cloison juste au-dessus du visage de l'officier. Très calme, mais d'une voix forte, Mathias dit :

— Avertissement. La prochaine fois, c'est cette cruche que tu prends en pleine gueule. S'il faut employer le seul langage que tu connaisses, sois tranquille, on saura s'y mettre. Et nous, on a pas besoin d'armes à feu pour se faire respecter.

Le soldat Pétrus, à qui cette intervention vigoureuse du patron de rigue semble avoir donné de l'aplomb, ose cette remarque :

— Il est drôle. Tout de suite les grands mots. Abandon d'armes et son sabre, qu'est-ce qu'il en a fait ? Abandon d'uniforme, si on a plus le droit de se changer quand on est trempé !

Mathias reprend place à table :

— Cette fois, on va peut-être pouvoir manger

en paix. Allez vous autres, à table. Lucie, donne la soupe !

Ils se mettent à table avec des regards moqueurs en direction du capitaine et du policier toujours assis au pied de la cloison. Lucie plonge sa grande louche dans la marmite fumante et emplit les écuelles profondes de cette soupe qui réconforte tant.

— Ayez pas peur d'y mettre du pain, conseille Mathias. Le lard viendra après.

Ils commencent à manger et Rochard se lève pour emplir les verres. Le soldat est le premier à prendre le sien. Il boit une bonne gorgée avant de le reposer en disant :

— Y a pas à hésiter, on est mieux nourri dans la marine que dans l'infanterie.

Il palpe le cuir de sa veste et constate :

— Ça fait tout drôle de se sentir là-dedans.

— Moi, je me reconnais plus, dit le sergent.

— Ça fait combien de temps que t'as pas quitté l'uniforme ?

Il hésite quelques instants et semble réfléchir avant de se lancer. Il parle de plus en plus fort comme s'il se soulageait à mesure qu'il raconte :

— Engagé le 8 juin 1896. L'Italie. Arcole.

Rivoli. La vallée de l'Adige avec les restes du bataillon Joubert... L'Autriche derrière Bernadotte. Les troupes de l'archiduc Charles taillées en pièces. La Fédération à Milan. Quelle journée ! Paris. La belle vie. Mais pas longtemps... Toulon. L'Égypte. Les pyramides et les mameluks. Bon Dieu qu'il y fait soif, dans ces pays ! Et pas une goutte de vin. Mais quelle bataille et quel butin !

Mathias lève la main :

– Oh là, mon gone, où vas-tu ?

Le capitaine crie d'une voix qui s'enroue un peu :

– Ton premier galon !

Mathias empoigne la cruche qu'il brandit et menace :

– Tu la veux ?

Puis il se tourne vers le sergent pour lui demander :

– Comment c'est, ton nom ? J'en ai marre de t'appeler sergent, moi.

L'homme sourit pour dire :

– Demaison... Ah, misère de nous. À force d'être le sergent de la deuxième, à force d'être ça et rien d'autre, j'ai presque fini par l'oublier, mon nom.

Mathias semble écrasé. Il se tasse sur lui-même et met quelques secondes avant de répondre :

— J'ai peur que tu n'aies également oublié bien d'autres choses importantes. Rien que d'évoquer tes campagnes, tu n'es plus un homme. Tu démarres et te voilà tout de suite au pas de charge.

— Ben, c'était pour arriver tout de suite au butin.

Le capitaine se décide à demander :

— Tu te serais battu pour de l'argent ?

Mathias ne prend pas sa cruche. Il se contente de demander :

— Et toi, alors, t'as pas ta solde ?

— Je me bats pour l'honneur et pour ma patrie.

Mathias se met à rire :

— Alors, vous êtes deux couillons. Vous vous êtes battus tous les deux pour des prunes. Tu n'as pas plus d'honneur que Demaison ne me semble avoir de fortune.

Le soldat les regarde tous et c'est lui qui soupire :

— Sûr qu'on n'a pas fait notre beurre, dans cette histoire !

Le sergent semble très préoccupé par quelque chose qu'il a du mal à exprimer. Il finit par se décider :

— Tout à l'heure, là-haut, vous m'avez dit : « Quand on se bat si longtemps avec ce fleuve, il finit par vous entrer dans la peau. Il vous coule dans les veines sans même qu'on s'en aperçoive. Et le jour où on s'en rend compte, c'est trop tard. » Eh bien, je crois que la guerre, c'est un peu la même chose. Ça vous coule dans le sang comme une maladie.

Mathias semble tomber des nues. Il ouvre de grands yeux et regarde les autres comme s'il leur demandait s'ils ont entendu ce qu'il vient lui-même d'entendre. À ses yeux, il y a longtemps que la guerre est une maladie. C'est un mal qui tue ceux que l'on aime et qui ne demandent pas à se battre.

— Tu vas tout de même pas essayer de me faire croire qu'on prend l'habitude de tuer des hommes sans s'en apercevoir ?

– C'est presque ça, fait le sergent d'une voix humble, comme s'il s'excusait... À force de tuer et de voir mourir des hommes, on finit par ne plus penser à la mort. Elle est là, comme ça, partout et tout le temps. Elle fait la route avec vous... Elle finit par faire partie de votre vie.

Lucie porte ses mains ouvertes à sa poitrine et soupire :

– C'est horrible... Horrible, ce que vous dites là. Pensez à ce que la guerre nous a pris.

Lucie hésite un instant puis elle se lève. Un énorme sanglot la secoue. Elle va jusqu'au meuble où est posée la croix de marinier qu'elle prend et serre contre sa poitrine en se dirigeant vers une petite porte basse. Elle ouvre, se baisse et se coule dans une sorte de placard obscur où se trouve son lit. Elle referme derrière elle et tombe à genoux dans l'obscurité. Sans presque remuer les lèvres, elle se met à prier. Sa main tâte cette croix où sont sculptés les instruments de la Passion. Mais ce qu'elle voit, ce qui se dessine dans cette nuit opaque, c'est le visage de son frère. Et les larmes continuent de couler de ses yeux sans qu'elle sanglote. Elle est dans un silence que ne vient troubler que le murmure confus des voix des hommes derrière la porte, et, de l'autre côté, le clapotis des vagues contre les planches. Un bruit qui peut être inquiétant, qu'elle trouve rassurant pourtant dans cette nuit où des hommes parlent de tuer. Dans cette nuit où elle sait très bien que le fleuve est moins dangereux que les hommes.

16

SOUDAIN, Lucie entend des appels lointains.
Elle hésite puis, posant la croix sur sa couchette, elle ouvre et lance :

– Taisez-vous !

Ils se taisent quelques instants, puis Rochard
dit :

– Ça vient de la rive gauche. Je monte.

Comme il sort, le capitaine crie :

– Ce sont les miens qui me cherchent.

Rochard referme la porte sans répondre. La
nuit est toujours aussi épaisse. L'averse violente
a fait place à une petite pluie fine et serrée
vraiment glacée. On peut se demander si ça ne
finira pas par tourner à la neige. Le prouvier se
déplace sur ce bateau sans la moindre hésita-
tion. Il pourrait le parcourir les yeux fermés. Il
scrute l'obscurité vers l'amont, puis vers l'aval.

Rien. Il se retourne et traverse le pont de planches pour gagner bâbord. Le vent qui fouette la brouillasse vous scie le visage. Des vagues assez fortes clapotent contre les planches. La rive droite est tout aussi obscure que la gauche. Pas le moindre reflet. Rochard va regagner la cadole quand il perçoit un appel lointain qu'apporte le vent qui a viré un peu à l'est. Il traverse de nouveau le bateau et, s'arrêtant à hauteur des premiers empilements de marchandises, il se colle contre pour être protégé des rafales et mieux entendre.

Pas la moindre lueur. Le fleuve est un gros animal d'ombre totalement invisible et qui gronde sourdement en léchant le bordage. Il n'y a que ce bruit et le froissement de l'averse.

– J'ai dû rêver. Ou c'était un nocturne.

Rochard va tout de même jusqu'à la proue pour vérifier une fois de plus les filins d'amarrage. Tout est en place et solide. Le prouvier revient lentement vers la poupe en continuant de flairer la nuit et de tendre l'oreille.

Depuis que la nouvelle du débarquement de Napoléon a touché le bord, il ne cesse guère de penser au garçon de son patron qui était comme son jeune frère. Il le revoit quand il a embarqué pour la première fois, à douze ans. C'était déjà un gars solide et adroit. Pour avoir souvent mené des barques de sauvetage, il avait le sens du fleuve. Le fleuve, comme à tant d'autres enfants de batteurs d'eau, lui coulait dans les veines.

Il y a dans sa disparition, si jeune, quelque chose d'absurde qui révolte Rochard. Le prouvier n'est pas d'un naturel violent, mais il aimerait pouvoir tenir entre ses pognes énormes le cou du responsable de cette mort. Bien qu'il n'ait jamais vu Napoléon autrement que sur des gravures, il sait qu'il le reconnaîtrait entre mille. Cet homme est là, peut-être pas très loin du fleuve. Il suffirait d'un peu de chance...

Hélas, la chance n'est jamais du côté des braves gens. Elle est toujours avec les crapules. Avec les assassins.

Rochard ne peut s'empêcher d'imaginer la fin atroce de ce gaillard aussi fort que lui, réduit à l'état de loque sur cette île inconnue, le corps rongé par la vermine. Avec très peu à manger. Très peu à boire. Pas une goutte de vin. Quand on sent la mort approcher dans pareilles circonstances, est-ce qu'on pense à la vie qu'on a eue ? Il devait surtout penser à sa mère, à sa sœur et à son père qu'il admirait tant. Et il devait penser au Rhône où il avait si souvent navigué. Où il avait si souvent nagé depuis son enfance. Ce fleuve où il avait plongé pour sauver des vies humaines.

Il faut rentrer. Regagner la cadole chaude et sèche où sont les autres. Ceux qui y sont avec patron Mathias et cette pauvre Lucie, ce sont des gens que la guerre a poussés là. Est-ce qu'elle n'est pas montée à bord avec eux ?

La guerre, c'est un poison qu'on doit traîner partout avec soi à partir du moment où il vous est entré dans la peau. Pour l'avoir mille fois entendu répéter par de vieux bateliers du Rhône, Rochard sait très bien que le fleuve lui coule dans le sang à lui aussi. Patron Mathias dit parfois :

– Le Rhône et le vin des coteaux de Condrieu, ça fait un fameux mélange !

Est-ce que la guerre peut, de la même manière, couler dans les veines des soldats ?

Rochard ne parvient pas à imaginer un marinier habité par la guerre. Il a vu mourir plusieurs hommes emportés par le fleuve, il a souffert de leur départ, mais il ne l'a pas ressenti comme il a ressenti la mort de tous les soldats qu'il avait connus. Il ferme un instant les yeux. Tous sont là. Comme pour un grand défilé. Une parade. Une parade funèbre avec des drapeaux absolument noirs. Un très grand deuil.

Soudain, Rochard se sent parcouru de longs frissons. C'est un peu comme si la mort venait battre de l'aile près de lui. Un oiseau noir. Sinistre. Dont le vol déplace un vent bien plus froid que celui qui court sur le Rhône en cette nuit habitée par le malheur.

Le prouvier observe encore un moment cette nuit où ne court qu'un vent trempé, où ne peuvent luire que des lueurs annonçant l'approche du malheur puis, sans hâte, il se dirige vers la cadole. Dès qu'il en approche, il entend les voix. S'il ne peut pas comprendre ce qui se dit, le ton lui indique clairement que la dispute continue. Il ouvre la porte et, aussitôt, l'enveloppe une bouffée de bonne chaleur parfumée d'odeurs de feu et de cuisine.

17

QUAND Rochard pénètre dans la cadole, c'est la voix du sergent qu'il entend. Il vient de penser à la mort, et c'est ce mot qui l'accueille :

– Les chefs, tu sais, la mort des soldats, y s'en foutent. Pourvu qu'elle leur permette de ramener du galon.

Les autres se taisent. Un silence passe avec la seule chanson du feu que vient de recharger Lucie et qui pétille. Puis le sergent se met à parler de son pays. Des montagnes qui regardent le midi. Il se souvient de toutes les régions que la guerre lui a fait traverser, mais nulle part il n'a vu aussi beau que son pays. Comme il se tait, patron Mathias dit gravement :

– Les terres d'enfance sont toujours les plus

belles. Faut dire aussi que partout où tu es allé, il y avait la guerre.

— C'est vrai, reconnaît le sergent. Et la guerre, là-haut, chez nous, on en avait à peine entendu parler. On vivait tranquilles avec nos terres et nos bêtes. Puis, un jour, ils sont venus. On veut des hommes, qu'ils disaient. Beaucoup d'hommes pour en finir plus vite. Pour libérer des esclaves. Un tas de choses que j'ai oubliées. Nous, on n'a pas réfléchi. On a bu des coups de vin avec des types qui arrêtaient pas de parler. À la fin, on a signé... Comme des abrutis, on a signé.

— Moi, dit le soldat, j'ai rien signé. J'sais pas signer.

— T'as fait une croix, réplique le sergent. C'est pareil !

— Rien du tout.

Le sergent hausse les épaules. Curieusement, tout le monde semble intrigué. Même les deux assis par terre, que Mathias ne quitte pas des yeux, ont l'air de s'intéresser à ce que peut avoir à dire ce paysan des montagnes devenu soldat sans savoir pour quelle raison.

— Tout de même, fait le sergent, même si t'as

rien signé, tu vas pas me dire que t'as pas marché à cause de lui.

– De qui ?

– Fais pas l'abruti, tu sais bien de qui je parle.

Pétrus ouvre de grands yeux. Il est comme s'il venait de découvrir un louis d'or dans de la soupe aux choux.

– L'Empereur ? Des nèfles ! Jamais vu. On était loin de tout. J'avais dix-huit ans quand ils sont venus. Des gaillards comme des portes de grange et la cravache à la main, le pistolet à la ceinture... Trois mois après, c'était Wagram. L'Empereur, je l'ai même pas vu ce jour-là.

Le sergent se redresse. Il semble très fier de ce qu'il dit :

– Pourtant, il y était. Moi aussi, et j'y ai gagné une blessure.

– Ben moi, fait le soldat, j'y ai attrapé une sacrée suée... pour pas dire plus. Ça pétait de tous les bords. L'Empereur aurait pu passer à dix pas que je l'aurais pas vu.

– C'est vrai qu'il y avait une sacrée fumée.

– Je sais pas. Dès que la danse a commencé, j'ai piqué la tête dans un trou sous un buisson.

Et tant que j'ai entendu péter, j'suis resté la tête sous le sac.

Le sergent semble écœuré. Avec une grimace, il lance :

— Salaud, t'as eu de la chance de pas être dans ma section ce jour-là. Ton sergent t'a rien dit ?

— Tu l'aurais entendu brailler à cent pas. Mais moi, paraît que j'ai une gueule d'abruti. J'ai pas à me forcer. Je dis : Oui sergent... j'sais pas, sergent.

Le capitaine, qui s'est redressé depuis un moment n'y tient plus. Il aboie :

— Conseil de guerre : douze balles dans la peau !

Mathias soulève la cruche et fait le geste de la lancer en criant :

— C'est fini, oui !

Rochard désigne le capitaine et demande à Mathias si on ne devrait pas lui fourrer la tête dans un sac à patates.

— Si y continue à nous emmerder, je vais...

Mathias s'interrompt. On a crié dehors. Rochard dit :

— Ce ne sont pas nos hommes.

Le policier lance d'un ton joyeux :

— Ce sont les miens qui me cherchent. Olivier a dû réussir à gagner la rive. Il les a prévenus. Détachez-moi si vous voulez sauver votre peau !

On perçoit de nouveaux appels. Rochard se lève et se dirige vers la porte. Mathias conseille :

— Te montre pas trop. Tous ces imbéciles ont la poudre facile.

— Avec un temps pareil, dit calmement le prouvier, y peuvent pas me voir de bien loin.

Le capitaine lance un regard inquiet vers patron Mathias, mais il ne peut se retenir de dire :

— Pas besoin de voir, ils doivent bien savoir où on est.

Tout de suite, le policier rageur lance :

— Tais-toi. Ce sont mes amis qui me cherchent.

Le capitaine ricane :

— Tes amis, y sont tous en prison ! Et ils n'en ont plus pour longtemps à vivre.

La porte s'ouvre et Rochard descend en disant :

— Y a deux lanternes qui se promènent sur la rive gauche. Elles vont vers l'aval.

Le capitaine crie :

— Rive gauche, c'est moi qu'on cherche !

Pétrus hésite un peu, son regard inquiet va du capitaine à patron Mathias et il finit par dire avec un petit ricanement :

— Ils le trouveront pas.

— Pourquoi ? rugit l'officier.

Là encore, le soldat hésite puis, avec un geste qui semble signifier qu'après tout il s'en moque, il soupire :

— Ça m'étonnerait qu'ils en aient vraiment envie.

Furieux, le capitaine, qui donnerait cher pour n'avoir pas les poignets attachés, rugit à nouveau.

— Tu y tiens au peloton, toi !

— Ta gueule, hurle Mathias en soulevant la cruche.

On entend claquer trois détonations.

— Ça, c'est mes hommes...

Mathias l'interrompt en montrant la cruche :

— Moi, pas besoin de pistolet pour te faire taire.

— C'étaient des coups de fusil, rectifie le capitaine.

– Je m'en fous. Ferme ta gueule ou je cogne. Encore un peu et on bâillonnera ces deux crétins, ils vont nous faire un cours sur les armes à feu.

Rochard a ouvert la porte et il est sorti. Il est monté. Son pas sonne sur le pont le long du bordage. Les autres se taisent pour l'écouter. On entend des coups de feu plus lointains. Rochard redescend en disant :

– Je crois qu'ils se sont éloignés.

Lucie, qui est demeurée comme collée à l'angle devant son fourneau et qui semble terrorisée, dit d'une voix blanche :

– Ils peuvent chercher une barque et revenir.

Mathias, qui s'est levé et qui marche comme un fauve en cage, grogne :

– Comme si on n'avait pas assez de cette crue !

– S'il n'y avait que le fleuve, remarque Rochard, ce serait pas inquiétant. Avec lui, on s'arrange toujours. C'est pas notre ennemi.

Le sergent regarde le policier et le capitaine puis, se tournant vers le prouvier, il constate :

– Ici, on est bien. On est mariniers. Y peuvent venir, on les connaît pas. Mais tant qu'il y aura ces deux-là à bord...

187

Tous se regardent et regardent le capitaine et le policier. Pétrus finit par soupirer :

– Tant qu'ils sont là et vivants...

Comme s'il parlait d'un objet encombrant et sans aucune valeur, le sergent dit calmement :

– Faut s'en débarrasser.

– Mais comment ? demande Pétrus.

– T'en prends un et moi l'autre. On les monte, et hop !

Il fait le geste de lancer un corps par-dessus bord.

Mathias se lève. Il regarde le sergent et le soldat avant de demander :

– Qu'est-ce qui vous prend ? Vous voudriez les foutre au Rhône tout ficelés !

Très calme, le sergent demande :

– Vous voyez une autre solution ?

Rochard, qui semble effondré, soupire :

– C'est qu'ils le feraient.

– Avec le courant qu'il y a, dit le sergent, ils n'auront pas le temps de souffrir.

Cette fois, Mathias semble vraiment incrédule, il regarde tout le monde comme s'il espérait qu'on lui dise qu'il a rêvé, puis, s'approchant du sergent et du soldat, d'une voix qui tremble un peu, il demande :

– Vraiment, vous parlez sérieusement ? Vous seriez prêts à tuer ces deux hommes ?

Les deux répondent en même temps :

– Pour sauver notre peau à tous, dit Pétrus.

– On a tué des gens pour moins que ça ! dit le sergent.

Encore incrédule, Mathias demande :

– Vraiment, on peut tuer comme ça, froidement ?

– À la longue, soupire le sergent, on s'habitue.

– Vous êtes ignobles, fait Mathias durement.

– Ils parlent pour s'exciter l'un l'autre, dit Lucie, mais ils ne le feraient pas.

Il y a un bruit violent contre le bordage du bateau.

– Nos hommes, dit Lucie.

Son père constate :

– Ils ont abordé un peu fort. Ça m'inquiète.

18

COMME Rochard s'apprête à monter, la porte s'ouvre et deux mariniers vêtus de cuir ruisselant entrent. Le premier dit :

— Pour un peu, on vous trouvait pas. Y fait clair comme dans le cul d'une vache.

Le deuxième marinier, qui examine le soldat et le sergent, demande :

— Vous avez embauché, patron ?

Mathias émet un petit rire :

— Tu vois.

Rochard demande où sont les autres.

— Ils se changent avant la soupe. Il en reste bien assez.

Lucie, qui a compris, va attiser le feu et tire son fait-tout sur le foyer qu'elle vient de découvrir et de recharger d'une poignée de brindilles et de deux bûches de charme. Un peu de fumée a refoulé qui, quelques instants, plane dans la pièce.

Quand le marinier a parlé de soupe, Mathias a adressé un clin d'œil à sa fille en disant :

— Tu vois !

Personne n'y a prêté attention et l'un des arrivants s'approche du capitaine en disant :

— Tiens, t'es soldat, toi ?

L'autre répond d'un ton rogue :

— Capitaine !

— Excusez. Nous autres, sur le fleuve...

— Pour l'heure, fait Mathias, il est pas plus capitaine que les autres. Mais y doivent avoir faim tous les deux. Comme y a pas de risque, on va les détacher, qu'ils puissent goûter à la soupe de Lucie.

Le marinier demande au capitaine s'il est du pays. L'officier dit :

— Non. Pourquoi ?

— Ben, sur la rive, on a vu des soldats habillés comme vous.

— Ce sont nos hommes.

— Je sais pas, mais y en avait un qui gueulait comme un putois. Un grand gaillard. Y cherchait une barque et un passeur.

— Tu dis, un grand costaud ? D'où y venait ?

— Je lui ai pas demandé. Il avait reçu un coup de pistolet tiré d'une fenêtre. Il avait pris la balle en pleine poitrine. Il a eu une sacrée chance, il saignait un peu mais le coup avait été amorti par son... son machin.

— Son baudrier, dit le capitaine. Ce n'est pas la première fois qu'un baudrier sauve la vie d'un soldat.

— En tout cas, y avait un trou dedans et, je vous l'ai dis, le gars saignait un peu.

Le capitaine exulte :

— C'est Monin ! Y a pas de doute. Je l'ai cru mort. Balle en plein cœur. Sacré veinard !

Mathias demande :

— Alors, ce soldat serait le... le...

C'est Pétrus qui répond :

— C'est ça, le mort du gars qui s'est foutu au Rhône !

Mathias soupire profondément :

— Je suis heureux que ce garçon n'ait tué personne.

Lucie, qui vient de remuer sa soupe, se retourne pour dire :

— Si seulement il pouvait le savoir.

— S'il le savait, fait Mathias, il serait très déçu.

— Il avait tellement l'air d'un grand enfant triste, fait Lucie.

— Une ordure ! grince le capitaine.

La porte vient de s'ouvrir et deux autres mariniers descendent. Une certaine confusion s'ensuit. Les uns se tassent dans un angle. Le policier en profite pour se lever lentement et va se placer derrière le capitaine qui s'est assis au bout de la table.

Mathias dit :

— Je m'étais tellement répété que ce n'était pas possible, que ce petit gars ne pouvait pas avoir tué, que...

Le capitaine l'interrompt pour dire :

— Parmi cette race de fripouilles, ça commence très tôt. C'est toujours...

Il ne peut achever sa phrase. Le policier vient de se précipiter sur le grand couteau resté sur la table. Il l'empoigne et, d'un geste rapide, il plante la lame dans la poitrine du capitaine en hurlant :

— Salaud !

Il bouscule Lucie et gagne l'escalier. Il pousse la porte et sort au moment où Rochard et un marinier se précipitent dehors.

— Mille dieux ! lance Mathias.

Il se penche vers le capitaine tombé sur le côté.

— Couchons-le par terre, dit le sergent.

— Non, sur la table, ordonne Mathias. Débarrassez vite !

Lucie se précipite pour aider les hommes à enlever les couverts et le pain. Elle prend un torchon et essuie en disant :

— Couchez-le. Ne lui faites pas mal.

— Faudrait une couverture, dit le sergent.

— Et un oreiller, ordonne Mathias.

Lucie va sur la couchette chercher un oreiller et une couverture brune. Ils l'étendent sur la longue table et y couchent le blessé qui gémit faiblement.

La porte s'ouvre et Rochard trempé descend en disant :

— Trop tard !

Le capitaine se soulève sur un coude et, d'une curieuse voix qui semble remuer des glaires, il trouve la force de dire :

— Vous l'avez laissé filer... Bravo... Bien joué.

— Il a voulu sauter dans la barque, explique

Rochard. On ne voyait pas grand-chose...
Alors : au Rhône !

Mathias demande :

— Tu penses qu'il s'est noyé ?

— C'est sûr. Avec la nuit et un temps pareil,
je pouvais rien faire pour lui.

D'une voix de plus en plus faible, le capitaine
demande :

— Sûr qu'il s'est noyé ?

Rochard, qui paraît vraiment désolé, dit :

— C'est certain... On ne pouvait vraiment
rien tenter.

— Alors, je peux crever, soupire le capitaine.

Lucie approche avec une cuvette à demi
pleine d'eau et des serviettes propres. Elle dit
de sa voix la plus douce :

— On va vous soigner.

Mathias s'approche en conseillant :

— Faut défaire sa tunique.

— Pas la peine... J'étouffe... Fini... Fini...

Mathias se tourne vers son prouvier :

— On peut pas laisser un homme mourir
comme ça.

Mathias se penche vers le blessé qui pro-
nonce quelques mots que personne ne peut

196

comprendre. D'une voix nouée par l'émotion, ce colosse qui semble d'une extrême faiblesse bredouille :

— Rien... Rien faire.

— C'est vrai, fait le sergent. On peut rien. J'en ai vu tellement, touchés comme lui. Je vous assure qu'il n'y a rien à tenter.

Mathias se redresse et, regardant Lucie, qui reste comme frappée de stupeur avec sa serviette à la main, il souffle :

— Sur mon bateau... sur mon bateau...

Il hésite un instant puis, se ressaisissant, il se tourne vers ses hommes d'équipage en lançant d'une voix redevenue ferme :

— Vous deux, prenez une barque et filez chercher un docteur.

L'un des mariniers dit :

— Y voudra jamais nous suivre.

Là, Mathias se met en colère :

— Ferait beau voir ! S'il refuse, prenez-le de force et foutez-le dans la barque. Amenez-le ! Merde, un médecin qui refuserait du secours à un blessé !

Lucie a pris des ciseaux et découpe la tunique

du capitaine. Elle le fait avec grand soin, mais l'homme gémit tout de même.

— Allez, dit Mathias, filez. Et ramenez-le par la peau des fesses s'il le faut !

Lucie a lavé la plaie et elle applique une serviette.

— Ça saigne moins, dit-elle.

Mathias se penche et promet tout doucement :

— Mes hommes n'en ont pas pour longtemps.

Le blessé fait un terrible effort pour répondre :

— Peine perdue. Mettez-moi par terre dans un coin, et laissez-moi mourir en soldat... Tout seul... Ce n'est pas un mort qui arrête la bataille.

Il ferme les yeux et on a l'impression que son corps se raidit.

Mathias ne peut détacher son regard de ce visage livide. Il ne parvient pas à admettre que, sur son propre bateau, on ait tué un homme. En sa présence. Et sans qu'il ait rien pu tenter pour le sauver. À cette image, se mêle le souvenir de son fils. Son garçon qui n'aimait pas la guerre, mais que la guerre a pris tout de même. Il pense soudain à tous ses autres morts.

À ses parents, bien sûr, à sa femme, à tous les morts du fleuve aussi. Ces gens qu'il n'a pas pu sauver. Et il lui semble à présent qu'à ces morts-là s'en ajoutent des milliers qui sont tous les morts de la guerre. Ceux de Cabrera, d'Espagne, de Russie, d'Allemagne, de France, d'Italie, d'Égypte, de partout où des hommes sont allés semer la haine et la violence.

Il regarde sa fille. Elle lève aussi les yeux vers lui et leur échange muet en dit plus que bien des paroles.

La nuit qui les enveloppe continue ses plaintes lugubres comme si le vent pleurait tous les morts de la guerre.

Est-ce qu'il y a des vents pour pleurer les morts ? Est-ce qu'il y a des nuits où la mort rôde autour des hommes ? Où elle va jusque sur le fleuve prendre la vie de certains hommes ?

Soudain, il semble au vieux patron de rigue que ce fleuve qu'il aime tant est maudit. Que tous ces morts ont un lien avec le Rhône. Même cet inconnu est venu mourir sur son bateau alors qu'il n'avait sans doute jamais eu aucun lien avec le Rhône. Patron Mathias regarde sa fille et, soudain, il a peur pour elle. Lucie est tout ce qui lui reste de plus précieux. Est-ce que la mort va aussi venir la prendre en cette nuit de folie où un empereur déchu a voulu recommencer d'ensanglanter le monde ?

Là, sur cette table où ils ont pris tant et tant de bons repas, dans cette cadole bien chaude où ils ont ri si souvent, la mort est venue. Une mort brutale. Le sang a coulé sur cette table où on a coupé du pain. Le sang d'un soldat qui aurait pu être son propre fils. Non, car son fils n'avait pas été volontaire pour la bataille.

Il semble pourtant à Mathias que c'est son propre garçon qui est allongé là, inerte, frappé par la guerre. Car c'est encore la guerre qui vient de tuer ce soldat. Mathias éprouve soudain l'étrange impression que cette nuit dure depuis des semaines. Peut-être des années. Une nuit interminable. Une nuit qui se nomme la guerre.

Sa vue se brouille et des larmes coulent de ses yeux. Ce n'est pas cet inconnu qu'il pleure, c'est la guerre. Ce sont tous les morts de toutes les guerres comme si ce fleuve qui roule des flots noirs portait le deuil du monde.

19

ILS sont là, immobiles et silencieux. Lucie vient de changer la serviette qui était sur la poitrine du blessé. Elle dit :

– Ça ne saigne plus, nous...

Mathias l'interrompt. Il vient de prendre le poignet du capitaine et dit, d'une voix sourde :

– Il est mort.

– Seigneur ! fait Lucie qui va chercher la croix de marinier et la pose sur la poitrine de l'inconnu.

Elle s'avance pour toucher le front du capitaine et elle va parler lorsque la porte s'ouvre. Un marinier paraît, précédant un très jeune lieutenant qui le pousse de la pointe de son épée. Deux soldats les suivent avec le docteur, qui est un homme âgé et très maigre. Il semble marcher avec difficulté.

Le marinier dit :

– Quand le docteur a su que le blessé était capitaine...

Le lieutenant l'interrompt :

– Tais-toi. Les affaires de soldats regardent les soldats.

Il se tourne vers ses hommes et ordonne :

– Vous autres, tirez dans le tas au premier geste.

Il s'approche du cadavre. Il fait claquer ses talons, il salue puis se penche pour arracher la croix de marinier qu'il lance par terre à côté du fourneau en disant, très sec :

– Pas de bondieuseries. J'ai connu ce capitaine autrefois. Il n'aimait pas ça du tout. Et moi non plus, je n'aime pas ça !

Il salue de l'épée et reste quelques instants figé. Puis, pointant son arme vers la poitrine de patron Mathias, il demande :

– Où sont ses hommes ? Allons, réponds, fripouille. Ce capitaine n'est pas seul à bord de ce coupe-gorge ! Qu'as-tu fait des autres ou de ce qu'il en reste ?

Très calme, Mathias répond :

– Il était seul avec l'homme qui l'a tué.

Le lieutenant se met à rire.

– Celui qui l'a tué, c'est toi. Tu t'es battu avec lui. Tu l'as blessé, tu as pris peur et tu as envoyé tes marins chercher le médecin. Un peu trop tard, d'ailleurs.

Le médecin, qui s'est tenu en retrait et n'a pas soufflé mot, s'avance et examine la plaie. Il dit :

– De toute façon, je n'aurais rien pu faire. Le poumon est certainement perforé.

Le lieutenant, qui s'est baissé à côté de la table, se relève et brandit le couteau que le policier a jeté par terre. Il le met sous le nez de patron Mathias en criant :

– Il n'est peut-être pas à toi ?

– Il est à moi, mais ce n'est pas moi qui...

Le lieutenant crie plus fort encore :

– Tais-toi ! Ton compte est bon. Il te reste quelques heures avant l'aube.

Lucie se précipite et s'accroche au bras de son père en implorant :

– Non ! Papa... papa...

– Pas de jérémiades, ricane le lieutenant.

Lucie se laisse tomber à genoux aux pieds de l'officier. Retenant ses sanglots, elle parvient à dire :

— Monsieur, sur la mémoire de ma mère, je vous jure que ce n'est pas mon père qui a tué... Demandez à ces hommes... Ils vous diront comment...

— Témoignages sans valeur. Tout ce beau monde est à votre service. Leur compte sera réglé plus tard. J'ai déjà entendu le petit roman des autres en venant ici.

Le sergent s'avance et dit :

— Mon lieutenant, écoutez-moi.

— Toi comme les autres !

— Mais je ne suis pas...

Mathias vient de l'interrompre en lui allongeant en pleine poitrine un terrible coup de poing et en hurlant :

— Foutez-moi le camp. Je suis assez grand pour me défendre tout seul. Rochard, obéis : tout le monde au logement de l'équipage !

Le lieutenant intervient :

— Il a raison. Du large. Laissez-nous tranquilles.

Il pointe son épée sur le ventre de Mathias avant d'ajouter :

— Et toi, n'essaie pas de foutre le camp. Si tu

parvenais à m'échapper, cette charmante pucelle prendrait ta place.

Lucie se hâte de dire :

— Emmenez-moi, mais laissez mon père... J'ai un frère qui est mort au service de l'Empereur en Espagne...

— Tais-toi, gamine. Tout est trop bien manigancé.

Le docteur, qui s'était adossé à l'angle de la pièce, avance d'un pas. Il est très pâle, mais c'est d'une voix posée et ferme qu'il dit :

— Je puis en témoigner, je connais cette famille de gens honnêtes, et courageux.

Le lieutenant se retourne d'un bloc. Il est de plus en plus nerveux et crie :

— Vous, ne vous mêlez pas de ça !

Puis, se tournant vers ses soldats, il leur ordonne d'attacher les mains de patron Mathias en disant :

— Avec le temps qu'il fait, on serait même pas foutu de le rattraper.

Les soldats attachent les mains de Mathias que le lieutenant tient sous la menace de son épée.

— Papa, dit Lucie, je vais aller avec toi.

Le père est parfaitement calme. D'une bonne voix qui ne tremble pas, il répond :

— Non, mon petit. Il faut que tu restes à bord. Les hommes ont besoin de toi. Rochard va me remplacer.

Le lieutenant se met à rire :

— Si tu veux nous accompagner, la donzelle, je suis tout disposé à te faire une place au bivouac.

Un soldat monte le premier et l'autre pousse Mathias devant lui de la pointe de sa baïonnette en disant :

— Allez, avance.

Le lieutenant s'adresse aux deux autres soldats :

— Vous autres, montez le corps du capitaine.

Il tient la porte ouverte pendant que ses hommes sortent le corps. Lucie les regarde. Dès que la porte se referme, elle tombe à genoux près de la croix qu'elle ramasse et serre contre sa poitrine en sanglotant. Ses lèvres remuent à peine :

— Notre Père qui êtes aux cieux...

À ce moment-là, on entend un pas lourd et rapide qui fait sonner le plancher. Un corps tombe à l'eau. Tout de suite arrive la voix du lieutenant qui hurle :

– Feu ! Feu ! Tirez... Mais tirez donc, nom de Dieu !

Des coups de feu claquent. La voix désespérée de Rochard lance :

– Arrêtez ! Arrêtez ! Vous êtes fous !

Lucie se lève. Puis elle retombe près de la croix qu'elle empoigne et serre contre sa poitrine en pleurant. Cinq coups de fusil partent encore. La porte s'ouvre. Rochard descend comme un automate. Les coups de feu et les cris continuent. La voix brisée, les poings serrés, Rochard dit :

– Ça ne leur suffit pas qu'il meure... Faut qu'ils tirent... Comme s'ils voulaient le tuer encore une fois.

Il se tait un moment. Son regard vide s'éclaire un peu tandis qu'il reprend :

– Je ne sais même pas prier... Je ne sais même pas si je crois.

Il va prendre la croix de marinier qu'il regarde comme s'il la découvrait. Et il se remet à parler :

– Nous autres, gens du fleuve, on sculpte nos croix comme ça... Sans savoir pourquoi. On sait rien. Mais s'il existe quelque chose... quelqu'un qui soit vraiment plus fort que les hommes... plus fort que tout... est-ce qu'on ne pourrait pas...

Lucie vient vers lui. Elle pose sa main sur son épaule et sanglote :

— Taisez-vous, Rochard... Taisez-vous.

De nouveau, elle se laisse tomber à genoux et Rochard fait de même, à côté d'elle. Lui ne parle pas. Il baisse la tête. Ses épaules se soulèvent à plusieurs reprises.

La voix de Lucie est plus assurée que tout à l'heure :

— Notre Père qui êtes aux cieux...

La Courbatière, septembre 2002.

DU MÊME AUTEUR

Aux Éditions Albin Michel

ROMANS

LE ROYAUME DU NORD :
1. Harricana ;
2. L'Or de la terre ;
3. Miserere ;
4. Amarok ;
5. L'Angélus du soir ;
6. Maudits Sauvages.
Quand j'étais capitaine.
Meurtre sur le Grandvaux.
La Révolte à deux sous.
Cargo pour l'enfer.
Les Roses de Verdun.
L'Homme du Labrador.
La Guinguette.
Le Soleil des morts.
Les Petits Bonheurs.
Le Cavalier du Baïkal.
Brutus.
La Retraite aux flambeaux.

JEUNESSE
Le Roi des poissons.
L'Arbre qui chante.
Achille le singe.
Le Commencement du monde.
Histoires de chien.
Le Château de papier.
Histoires de Noël.
Histoires de la vie sauvage.
Chien et chatte en vacances.

ALBUM
Le Royaume du Nord
(photos J.-M. Chourgnos).

Chez d'autres éditeurs

ROMANS

Aux Éditions J'ai lu
Tiennot.

Aux Éditions Robert Laffont
L'Ouvrier de la nuit.
Pirates du Rhône.
Qui m'emporte.
L'Espagnol.
Malataverne.
Le Voyage du père.
L'Hercule sur la place.
Le Tambour du bief.
Le Seigneur du fleuve.
Le Silence des armes.
LA GRANDE PATIENCE :
1. La Maison des autres ;
2. Celui qui voulait voir la mer ;
3. Le Cœur des vivants ;
4. Les Fruits de l'hiver.
LES COLONNES DU CIEL :
1. La Saison des loups ;
2. La Lumière du lac ;
3. La Femme de guerre ;
4. Marie Bon Pain ;
5. Compagnons du Nouveau-Monde.
L'Espion aux yeux verts (nouvelles)
Le Carcajou.

ALBUMS, ESSAIS

Je te cherche, vieux Rhône, *Actes Sud*
Arbres, *Berger-Levrault*
(photos J.-M. Curien).
Léonard de Vinci, *Bordas*
Le Massacre des innocents, *Robert Laffont*
Lettre à un képi blanc, *Robert Laffont*
Victoire au Mans, *Robert Laffont*
Jésus le fils du charpentier, *Robert Laffont*
Fleur de sel, Le Chêne
(photo Paul Morin).
Contes espagnols, *Choucas*
(illustrations August Puig).
Terres de mémoire, *Delarge*
(avec un portrait par G. Renoy, photos J.-M. Curien).
L'Ami Pierre, *Duculot*
(photos J.-Ph. Jourdin).
Bonlieu, *H.-R. Dufour*
(dessins J.-F. Reymond).
Célébration du bois, *Norman C.L.D.*
Écrits sur la neige, *Stock*
Paul Gauguin, *Sud-Est*
Les Vendanges, *Hoëbeke*
(photos Janine Niepce).
Le Rhône ou les métamorphoses d'un dieu, *Hachette*
(photos Yves André David).

JEUNESSE

A. Kénogami, *La Farandole*
L'Autobus des écoliers, *La Farandole*
Le Rallye du désert, *La Farandole*
Le Hibou qui avait avalé la lune, *Clancier-Guénaud*
Odile et le vent du large, *Rouge et or*

Félicien le fantôme, *Delarge*
(en coll. avec Josette Pratte).
Rouge Pomme, *L'École*
Poèmes et comptines, *École des Loisirs*
Le Voyage de la boule de neige, *Laffont*
Le Mouton noir et le Loup blanc, *Flammarion*
L'Oie qui avait perdu le Nord, *Flammarion*
Au cochon qui danse, *Flammarion*
Légende des lacs et rivières, *Le Livre de Poche Jeunesse*
Légendes de la mer, *Le Livre de Poche Jeunesse*
Légendes des montagnes et des forêts, *Le Livre de Poche Jeunesse*
Légendes du Léman, *Le Livre de Poche Jeunesse*
Contes et Légendes du Bordelais, *J'ai lu*
La Saison des loups, *Claude Lefranc*
(bande dessinée par Malik).
Le Grand Voyage de Quick Beaver, *Nathan*
Les Portraits de Guillaume, *Nathan*
La Cane de Barbarie, *Seuil*
Akita, *Pocket Jeunesse*
Wang chat tigre, *Pocket Jeunesse*
La Chienne Tempête, *Pocket Jeunesse*

SUR BERNARD CLAVEL
Portrait, Marie-Claire de Coninck, *Éditions de Méyère*.
Bernard Clavel, Michel Ragon, « Écrivains d'hier
et d'aujourd'hui », *Éditions Seghers*.
Bernard Clavel, qui êtes-vous ?, Adeline Rivard, *Éditions Pocket*.
Bernard Clavel, une homme, une œuvre, André-Noël Boichat,
Cêtre, Besançon.

La plupart des ouvrages de Bernard Clavel ont été repris
par des clubs et en format de poche.

La composition de cet ouvrage
a été réalisée par I.G.S. Charente Photogravure,
à l'Isle-d'Espagnac,
l'impression et le brochage ont été effectués
sur presse Cameron dans les ateliers
de Bussière Camedan Imprimeries
à Saint-Amand-Montrond (Cher),
pour le compte des Éditions Albin Michel.

Achevé d'imprimer en février 2003.
N° d'édition : 21331. N° d'impression : 030750/4.
Dépôt légal : mars 2003.
Imprimé en France